LE MASQUE D'ARGILE

Né en 1951, Serge Brussolo est l'auteur de nombreux thrillers d'épouvante qui l'ont imposé comme le maître français du genre. Un digne rival de Stephen King.

Paru dans Le Livre de Poche :

L'ARMURE DE VENGEANCE
AVIS DE TEMPÊTE
BAIGNADE ACCOMPAGNÉE
BUNKER
LA CAPTIVE DE L'HIVER
LES CAVALIERS DE LA PYRAMIDE
LA CHAMBRE INDIENNE
LE CHÂTEAU DES POISONS
LE CHIEN DE MINUIT
CONAN LORD
LES EMMURÉS
LES ENFANTS DU CRÉPUSCULE
L'ENFER, C'EST À QUEL ÉTAGE ?
LA FENÊTRE JAUNE
LA FILLE DE LA NUIT
ICEBERG LTD
LE LABYRINTHE DE PHARAON
LA MAIN FROIDE
LE MANOIR DES SORTILÈGES
LA MÉLANCOLIE DES SIRÈNES PAR TRENTE MÈTRES DE FOND
LE MURMURE DES LOUPS
LE NUISIBLE
PÈLERINS DES TÉNÈBRES
LA PRINCESSE NOIRE
LES PRISONNIÈRES DE PHARAON
SÉCURITÉ ABSOLUE
LE SOURIRE NOIR

SERGE BRUSSOLO

Le Masque d'argile

LE LIVRE DE POCHE

ISBN : 978-2-253-12083-4 – 1re publication LGF

Ô, Grenouilles, les Rats vous ayant menacées, m'ont envoyé vous avertir de vous armer pour la guerre et le combat.

HOMÈRE,
La Batrakhomyomachie.

Les anciens étaient sans doute aussi mauvais que nous, mais ils le savaient.

L. PAUWELS et J. BERGIER,
Le Matin des magiciens.

Prologue

Dans les ruines de Pompéi, on pouvait encore contempler, au début du siècle dernier, une étrange peinture presque effacée. Les guides évitaient de la montrer aux touristes car, pour la voir, il fallait accepter de remonter à quatre pattes le long d'un couloir à demi effondré. Là, au creux d'une *cubicula* jadis occupée par une prostituée aux cheveux teints en rouge, un obscur artiste s'est appliqué, en des temps anciens, à dessiner avec un grand luxe de détails un paysage désertique où se déplace une sorte de monstre fabuleux sur lequel il convient de s'attarder.

La fresque, peinte à la cire, représente une scène curieuse, sur le sens de laquelle les spécialistes de l'Antiquité gréco-latine se sont perdus en conjectures. On peut la décrire succinctement comme suit : une silhouette monstrueuse court entre les dunes aplaties, à la lisière d'un désert. À contre-jour, dans la lumière rouge du soleil mourant, on a l'impression de voir se dandiner un géant à quatre bras, et dont la poitrine supporterait de pesantes mamelles malmenées par le rythme de la course. L'être mesure six coudées de haut, et chacun de ses pas laisse une empreinte profonde dans le sable.

Quand on prend la peine d'examiner à la loupe ce personnage mythologique, on s'aperçoit que le géant aux bras multiples est en réalité composé de deux personnes. *Une grosse femme et un cul-de-jatte*, la première portant le second sur ses épaules tel un enfant qui chevauche la nuque de son père pour suivre une parade militaire que sa petite taille et la foule compacte lui interdiraient normalement de contempler.

Une fois débarrassé de l'illusion première, on réalise que la femme – au demeurant presque nue – est d'une stature athlétique et que des boules musculeuses jouent sous la graisse enrobant sa chair. C'est une géante obèse, aux cuisses énormes, aux seins lourds. Elle porte pour tout vêtement un pagne de cuir voilant la fente de son sexe et des spartiates dont les lacets s'entrecroisent sur ses mollets constellés de griffures. Elle court pesamment, avec une obstination de pachyderme décidé à pulvériser un obstacle. La sueur ruisselle dans la vallée de ses seins. Surmontant cette architecture de muscles et de graisse, son visage aux yeux bridés, étrangement beau, paraît rapporté, incongru. Aucune bajoue, aucun double menton ne le défigure. Il est pâle et lisse, enfantin, et auréolé de longues nattes d'un noir bleuté qui volent au vent. Sa peau, très brune – presque noire – lui donne l'allure d'une idole barbare échappée d'un temple à la faveur de la nuit. En vérité, malgré sa disgrâce physique, elle est magnifique.

Le cul-de-jatte, lui, est plus jeune ; cependant sa physionomie arbore les rides précoces de l'amertume. Ses cheveux blonds sont roulés en chignon sur sa nuque, et maintenus par deux épingles d'os entrecroisées. Des épingles qui, à l'occasion, pourraient faire d'excellents poignards...

Son torse et ses bras nus sont constitués d'un entrelacement de muscles dont les fibres forment une carapace impénétrable. À partir de la taille, ses hanches, ainsi que les moignons de ses cuisses, disparaissent sous un emmaillotement de bandelettes de cuir ne laissant pas un pouce de peau exposé au regard.

Barrant sa poitrine, un baudrier retient un carquois dans lequel se trouve planté un grand marteau de bronze, l'arme favorite des Barbares du Nord.

Juché en équilibre sur les épaules de la géante, il lui enserre la gorge entre ses cuisses, se maintenant « en selle » avec habileté.

Ainsi harnaché, l'étrange couple galope entre les dunes, soulevant dans son sillage un nuage de poussière sèche.

Voilà... Les érudits n'ont jamais pris le temps de s'interroger sur cette peinture. Ils ont choisi d'y voir un exemple de ces « grotesques » que les Romains avaient l'habitude de faire peindre sur les murs de leur maison.

Ils se trompent. Les initiés, eux, savent que l'infirme se nomme Shagan, la géante Junia. Deux mercenaires, deux tueurs qui furent célèbres en leur temps.

C'est l'une de leurs nombreuses aventures que nous allons vous conter...[1]

---

1. Cette peinture a aujourd'hui disparu. Soit parce qu'on l'a volée, soit parce qu'on l'a détruite pour d'obscures raisons.

1

Le rendez-vous avait été fixé dans les toilettes publiques de la via Canicula. Shagan, bien qu'installé à Rome depuis un an, ne s'était pas encore habitué à cette curieuse coutume des citadins de se rassembler dans une même pièce pour déféquer côte à côte en devisant sans la moindre gêne, comme s'ils se trouvaient accoudés devant une coupe de vin de Falerne dans une taverne.

— C'est ici, annonça en haletant l'esclave qui portait le cul-de-jatte sur son dos. Ce sont des latrines de riches, il faut payer un droit d'entrée.

Shagan tira un *as*[1] de sa bourse et le lança au surveillant posté à l'entrée de l'édicule. Un *as*, c'était le prix d'une coupe de mauvais vin. Un petit plaisir auquel il lui faudrait renoncer. Un de plus.

— Hé ! grogna le préposé, tu n'as payé que pour toi, ton esclave devra se retenir. Qui ne paye pas ne chie pas !

Juché sur les épaules du porteur, Shagan pénétra dans le bâtiment. La salle, dallée de marbre clair, était

1. Monnaie romaine de très faible valeur.

occupée par un large banc maçonné en fer à cheval. Ce « siège » avait été percé d'une douzaine de trous, de manière que ceux qui s'y installaient pour se soulager puissent se voir les uns et les autres et bavarder tranquillement. Postés dans le fond de la pièce, des joueurs de flûte faisaient leur possible pour masquer l'écho des flatulences et autres sons disgracieux ponctuant les conversations. Une petite fontaine glougloutait. Un bâton muni d'une éponge y était suspendu. Au moment de quitter l'endroit, les visiteurs l'utilisaient pour se nettoyer. La même éponge servait à tout le monde ; en ce domaine il était mal vu de se montrer délicat si l'on ne voulait point passer pour efféminé.

Trois hommes, la toge relevée, se soulageaient côte à côte en échangeant des pronostics sur la prochaine course de chars, ainsi que des informations sur un certain aurige venu de Perse, et sur lequel il convenait de miser si l'on voulait gagner gros.

Shagan examina les chiffres romains peints au-dessus des trous et ordonna à l'esclave de l'installer sur le VI. Il se sentait plutôt ridicule, mais il était désormais interdit, sous peine de forte amende, de faire ses besoins au coin des rues. Par ailleurs, les logements des *insulae*[1] étant dépourvus de tout-à-l'égout, on risquait à tout moment de recevoir sur la tête le contenu d'un pot de chambre jeté depuis un quelconque sixième étage. Les locataires nantis d'une once de sens civique faisaient, eux, l'effort de descendre au rez-de-chaussée pour déverser urine et excréments dans le tonneau placé à cet effet à l'entrée

1. HLM de la Rome impériale.

de l'immeuble. Ces barriques pestilentielles étaient ensuite récupérées par les foulons, qui utilisaient l'acidité des déjections humaines pour dégraisser laines et peaux. Si l'on était saisi d'une envie pressante dans la rue, il n'existait d'autre solution que d'avoir recours aux latrines publiques collectives. Celles où se trouvait présentement Shagan avaient de la classe, il n'en allait pas de même pour les cabinets d'aisance mis à la disposition des pauvres.

Le cul-de-jatte se tortilla sur le siège en maudissant l'imbécile qui lui avait donné rendez-vous en un tel lieu. Au même instant, ledit responsable s'avança sur le seuil, la toge déjà relevée. C'était un homme empâté, dont les cheveux gris avaient été frisés de façon artistique au *calamister*. Sa toge empestait la poudre de craie dont on l'avait saupoudrée pour essayer de faire croire qu'elle était encore blanche. Sans honte, il releva sa tunique, dénoua son *subligaculum*[1] et se laissa tomber sur le banc de marbre avec un soupir de soulagement. Shagan savait qu'il s'agissait de Silvius Marcus Andronicus, un haut fonctionnaire préposé aux distributions frumentaires gratuites qui permettaient à 40 % de la population romaine de se tourner les pouces en s'engraissant aux frais de l'État.

Silvius se pencha vers Shagan, un sourire feint plaqué sur les lèvres. Son regard sautillant trahissait l'angoisse.

— Excuse-moi, ami, de t'avoir donné rendez-vous ici, murmura-t-il, mais c'est le seul endroit où l'on peut aisément s'assurer qu'on n'a pas été suivi. Je dois

1. Sorte de pagne faisant office de slip.

faire vite. Des gens de confiance m'ont conseillé de m'adresser à toi. Tu es, à ce qu'il paraît, un mercenaire de haut vol, quelqu'un qui s'est sorti de situations difficiles ; un homme que le mystère et le numineux[1] n'effraient point. J'ai besoin de ton aide. Il s'agirait de secourir une de mes nièces, une jeune femme qui m'est chère. Sa *domus*[2] est devenue le théâtre d'événements étranges, terrifiants. Elle n'est pas loin de la croire hantée par des lémures[3]. Son époux étant un butor, elle ne peut compter sur lui pour tirer la chose au clair. Depuis plusieurs semaines, les augures sont mauvais, il semble qu'un grand malheur se prépare. Peux-tu aller la voir ? L'écouter… lui porter secours ?

— Des lémures ? marmonna Shagan d'un ton dubitatif.

— Oui, les signes néfastes se multiplient. La nuit, la maison s'anime, devient vivante… Elle s'emplit de craquements. Les fissures ne cessent de proliférer, comme si quelque chose allait bientôt sortir des murs… Je l'ai constaté de mes yeux. Cette demeure est une espèce d'œuf de pierre qui s'apprête à éclore. Il faut empêcher cela. Toutefois il te faudra agir en secret, sans que son mari soupçonne la raison de ta présence. C'est un homme puissant, mauvais… et dangereux. Il pourrait te faire arrêter et condamner aux jeux du cirque.

Véhément, il avait élevé le ton, attirant l'attention de ses voisins. Il se dépêcha de revenir au murmure.

---

1. Du latin *numina*, tout ce qui a rapport aux manifestations divines.

2. Maison des riches Romains, villa de plain-pied.

3. Équivalent, chez les Romains, de nos fantômes. Créatures malfaisantes se matérialisant principalement lorsque les rites n'ont pas été correctement pratiqués.

— Ton prix sera le mien, haleta-t-il. Trouve la solution du mystère et je deviendrai ton débiteur. Si tu acceptes l'affaire, viens chez moi demain matin, à l'heure où je distribue la sportule à mes clients[1], je t'en dirai davantage.

Titubant jusqu'à la fontaine, il fit semblant de se laver, se rajusta et quitta la pièce. Shagan attendit encore un peu, puis, hélant son esclave, lui ordonna de le véhiculer hors des toilettes publiques.

Voilà qui n'était pas banal… D'ordinaire il préférait se tenir à l'écart des affaires où entrait une composante divine, mais, cette fois, il se trouvait réellement dans une extrême nécessité. Du trésor égyptien que Junia et lui s'étaient partagé un an plus tôt[2], il ne restait rien… L'or changé en sesterces avait fondu comme neige au soleil, dévoré par les mille plaisirs qu'offrait Rome. Ayant trop longtemps vécu comme un pauvre, Shagan n'avait su résister à l'envie de mordre à pleines dents dans cet énorme gâteau de miel. Il avait multiplié les orgies, les extravagances. Il avait même commis l'imprudence d'acheter un attelage et de le faire courir au Circus Maximus ! Aujourd'hui, après s'être cru le maître du monde, il se cachait dans une taverne de Subure pour fuir ses créanciers. Il n'aurait bientôt même plus les moyens de s'offrir les services de ces *lupae*[3] aux cheveux rouges qui officiaient derrière les tombeaux, soulageant les esclaves et les légionnaires en rut.

---

1. Tous les matins, le riche Romain recevait ses « courtisans » auxquels il remettait des victuailles ou une somme d'argent (la sportule). Ceux-ci, en échange, le soutenaient dans sa carrière politique.

2. Voir *Les Cavaliers de la Pyramide*, Le Livre de Poche n° 37045.

3. « Louves », prostituées de bas étage qui, pour attirer les clients, poussaient des hululements.

Au cours des mois passés, il avait peu vu Junia, la géante, la femme-jument, sa complice de toujours, celle avec qui il avait pillé, tué, volé, et affronté la mort plus souvent qu'à son tour. L'ogresse, elle, s'était efforcée de mener une vie rangée de matrone patricienne, de paraître au théâtre, de cultiver son langage, d'acquérir une certaine grâce et la science de la parure, mais elle avait eu beau s'entourer des meilleurs maîtres, elle avait échoué... Les dames de l'aristocratie, un temps émoustillées par la compagnie de cette femme colossale à laquelle on prêtait un passé de « gladiatrice », s'étaient lassées de ce jouet encombrant... et qui les effrayaient secrètement. Junia s'était retrouvée seule, prisonnière de sa villa des collines. Elle avait fini par congédier ses domestiques. Depuis, elle vivait comme une souillon, sortant parfois les nuits de pleine lune pour assouvir ses penchants cannibales. Errant dans le labyrinthe des ruelles mal famées, il lui arrivait d'étrangler un légionnaire ivre, et de dévorer la chair de ses épaules avant de s'enfuir, la bouche maculée de sang.

Elle avait toujours cru que Shagan ne connaissait pas son secret ; elle se trompait, le cul-de-jatte n'ignorait rien de la malédiction dont elle était affligée ; toutefois, à la différence de la plupart des humains, il savait se taire. D'ailleurs, il avait vu tant de choses effrayantes au cours de ses pérégrinations qu'il en aurait fallu bien davantage pour éveiller en lui un frémissement de répulsion.

Des lémures, songea-t-il avec contrariété. *Comment affronte-t-on ce genre de créatures ?*

Il décida qu'il ne pourrait résoudre seul un problème aussi épineux et vit soudain là le prétexte rêvé pour renouer avec Junia ; aussi commanda-t-il à son porteur de le véhiculer au sommet de la colline des lauriers où se dressait la *domus* louée par la géante.

L'état d'abandon dans lequel se trouvaient les lieux le surprit. De toute évidence, Junia ne s'occupait plus de rien depuis des mois. Des chiens errants baguenaudaient çà et là, lapant l'eau de l'*impluvium*[1]. Shagan se fit déposer sur le sol, congédia l'esclave et, utilisant ses deux poings comme des béquilles, se propulsa à travers les pièces désertes.

Il dénicha la géante au fond du jardin en friche. Presque nue, elle contemplait la ville du haut d'une terrasse, une expression maussade sur le visage.

— Salut à toi, compagnon, dit-elle sans se retourner. Je me demandais si tu reviendrais un jour. Tu as besoin d'argent ?

— Non, grommela Shagan, j'ai besoin de toi. Que sais-tu des lémures ?

Quand Junia pivota sur ses talons pour lui faire face, il dut faire un effort pour ne pas tressaillir. Elle était d'une saleté repoussante. Du sang séché maculait son menton et sa poitrine. Elle avait l'air d'une somnambule ou d'une morte échappée du tombeau. Du coin de l'œil, Shagan avisa des cadavres de chiens dans les buissons voisins. Était-ce ainsi qu'elle se nourrissait ?

— J'ai besoin de toi, insista-t-il. C'est une sale affaire…

Il savait qu'il devait la convaincre. S'il échouait, Junia resterait là, l'œil hagard. Elle finirait par s'ouvrir les poignets, comme les sénateurs tombés en disgrâce.

1. Bassin recueillant les eaux de pluie.

Pas plus que lui elle n'était faite pour la vie oisive. Hors des champs de bataille et des tueries, ils s'étiolaient. On ne leur avait pas appris à vivre comme des gens normaux.

— Si tes couteaux sont rouillés, ricana le cul-de-jatte, frotte-les avec du sable, nous en aurons bientôt besoin. D'après ce que j'ai cru comprendre, si nous échouons, nous servirons de repas aux lions, lors des prochains jeux. En es-tu tout de même ?

— J'en suis, gronda Junia.

À la même seconde, ses yeux perdirent leur expression somnambulique pour se mettre à briller d'un éclat rougeoyant.

Les lions, songea Shagan, tout à la fois heureux et effrayé, *il se pourrait bien que ce soit elle qui les mange, après tout…*

2

Ils passèrent la nuit dans la villa hantée par les chiens errants du quartier, sans allumer la moindre lampe, à murmurer dans l'obscurité, tels des soldats qui se confient l'un à l'autre avant la grande bataille qui les attend aux premières lueurs de l'aube. Chacun soliloqua à son tour sans que l'autre l'interrompe. Ils évoquaient leurs déboires de l'année passée, cette ville qui les avait rejetés, leur incapacité fondamentale à rejoindre les rangs des hommes normaux. Rome, l'oisiveté et l'argent avaient manqué de les détruire. Ils n'étaient pas faits pour ce genre de vie. Ils convinrent qu'ils avaient commis une erreur en essayant de se ranger. Ils devaient admettre qu'ils étaient des monstres et qu'ils le resteraient jusqu'à leur dernier souffle. C'était pour cela qu'on faisait appel à eux. Seuls des monstres pouvaient combattre d'autres monstres...

Quand l'aurore barbouilla le ciel de sa lueur rose, ils déterrèrent le coffre contenant leurs armes et se bardèrent de cuir, comme ils l'avaient fait si souvent dans le passé. Shagan récupéra son lourd marteau, les bandelettes dont il entourait ses moignons, puis la géante l'empoigna par les aisselles pour le hisser sur ses épaules. Ils étaient redevenus ce qu'ils n'auraient jamais dû cesser d'être : le couple formidable des *Cavaliers*, ainsi qu'on les surnommait jadis dans le milieu des mercenaires.

Ils abandonnèrent la maison pour dévaler la colline et se rendre chez Silvius Marcus Andronicus. Il était tôt mais une foule de « clients » s'agglutinaient déjà aux abords de la demeure. Tous les visiteurs avaient revêtu la toge obligatoire, insigne de leur citoyenneté. Un esclave les accompagnait, une marmite sur la tête, afin de recueillir les dons du « patron ». Sitôt la sportule encaissée, la plupart de ces dignes citoyens romains s'empresseraient d'aller quémander chez un autre patron, sans se soucier de trahir le premier, ces collectes successives leur assurant un revenu quotidien qui les dispensait de travailler.

— Des putains… grommela Junia. Des putains qui monnayent leur vote au lieu de leur cul.

On les regardait de travers car ils ne portaient pas la sacro-sainte toge, emblème de dignité. Toutefois, on n'osa les brocarder car leur aspect farouche décourageait la moquerie.

Ils durent attendre leur tour. Silvius Marcus les reçut enfin. Dès qu'il les vit, il perdit son masque d'affabilité et redevint soucieux. Fuyant les oreilles indiscrètes, il les entraîna dans le jardin et s'immobilisa au bord de son bassin d'eau de mer où s'ébattaient des poissons capturés au large des côtes. Certains dignitaires s'enorgueillissaient de posséder des pieuvres vivantes, des calmars géants, des barracudas, ou d'autres bestioles encore plus exotiques qui mouraient régulièrement à l'approche de l'hiver.

— La jeune femme que vous devrez protéger est ma nièce, Livia Andronica[1], expliqua-t-il d'une voix sourde. Son époux est un ancien militaire de haut rang, Titus Bruto, qui s'est jadis illustré en Germanie. Un être brutal qui a tenté en vain d'entreprendre une carrière politique. Sa rudesse ne lui a attiré que des inimitiés et il a dû se résoudre à se retirer de la course aux honneurs. Comme tous les soldats, il est pauvre, ou presque. Toute la fortune est entre les mains de ma nièce. Elle lui vient de mon frère, Livius, mort en Afrique.

— De quoi as-tu peur au juste, bonhomme ? lança avec rudesse Junia, que ce préambule ennuyait déjà.

Silvius tressaillit ; important fonctionnaire de la distribution frumentaire mensuelle, il n'avait guère l'habitude d'être traité avec un tel manque de respect.

— Je ne sais pas, avoua-t-il. En fait, si… J'ai peur pour Livia. Son mari la brutalise. C'est un Romain à l'ancienne mode qui revendique le droit de vie et de mort sur ses enfants, ses esclaves… Ce droit existe encore dans les textes, bien sûr, mais personne ne l'applique plus depuis longtemps. J'ai consulté un augure, il prétend que les manifestations surnaturelles qui infestent la demeure annoncent une mort prochaine… une mort violente. Un crime. Je crains que Livia n'en soit la victime. Tout se dérègle là-bas, les phénomènes se multiplient…

— Tu nous demandes, en fait, de jouer les gardes du corps, résuma Shagan. Mais sous quel prétexte nous installerons-nous chez ta nièce ?

---

1. Chez les Romains, les filles n'avaient pas de prénom, elles devaient se contenter de porter le nom de famille de leur père auquel elles ajoutaient une terminaison en *a*, pour le féminiser.

— J'ai tout prévu, haleta Silvius. Officiellement, vous serez les serviteurs d'un Chaldéen, spécialiste en brontoscopie[1]. La propriété de Livia est souvent frappée par la foudre, on ne sait pourquoi. Les prêtres étrusques y ont détecté une manifestation de Jupiter Tonnant… Une expression de sa colère. Le Chaldéen a pour mission de calmer le courroux divin par des sacrifices, vous ferez semblant de l'assister. Mais Livia vous expliquera cela mieux que moi. Retrouvez-la cet après-midi, à l'entrée du vomitoire[2] IV du Circus Maximus, à la fin des *venationes*[3] …

Il fallait mettre fin à l'entretien sous peine d'éveiller les soupçons des autres quémandeurs. Junia se vit donc remettre un panier rempli de pains et de saucisses, don fort banal qu'on réservait aux visiteurs sans importance.

Les deux amis quittèrent la *domus* de Silvius Andronicus sous le regard goguenard des « clients ». Ils finirent par s'installer aux abords d'une fontaine et se partagèrent les victuailles. Ils mangeaient en silence, mastiquant avec férocité, en soldats habitués à se nourrir non pas lorsqu'ils avaient faim, mais dès que l'occasion se présentait.

Ils n'éprouvaient pas le besoin de parler. Comme tous les vieux compagnons d'armes, il leur arrivait de se côtoyer plusieurs jours sans échanger un mot.

---

1. « Science » divinatoire qui établit des prédictions à partir des manifestations du tonnerre et des éclairs.
2. Vaste couloir permettant à la foule d'évacuer les lieux sans trop de bousculade.
3. Massacres d'animaux sauvages.

De temps à autre, ils jetaient un coup d'œil au grand cadran solaire installé sur la place, afin de ne pas manquer le rendez-vous. Depuis quelque temps, Rome essayait de domestiquer le temps en multipliant les gnomons, les clepsydres. Beaucoup de citoyens portaient autour du cou de minuscules cadrans solaires qu'ils consultaient d'un air affairé. Shagan ne voyait pas cette évolution d'un bon œil.

« Si l'on commence à compter les heures, grommelait-il, on va vieillir encore plus vite. »

Le moment venu, ils gagnèrent le Circus Maximus. Les trompettes sonnaient la fin des *venationes*. Ils cherchèrent le vomitoire indiqué par Silvius. Un groupe de femmes se tenaient là, nerveuses, excitées. À leur mise, il était facile de comprendre qu'elles appartenaient à la bonne société. Avisant Shagan et Junia, l'une d'entre elles se détacha du peloton. Un adolescent l'accompagnait. Le garçon, d'une quinzaine d'années, s'appliquait à bomber le torse pour se donner une allure martiale. Il arborait une courte dague au côté droit. *Un jouet*, songea Shagan avec le mépris du tueur professionnel.

— Je suis Livia, murmura la femme, épouse de Titus Bruto. Mon oncle m'a avertie de votre visite.

C'était une belle femme brune, à la peau mate, de race étrusque. À la différence des autres matrones, elle arborait une coiffure simple, un chignon vertical, à l'ancienne mode.

— Que faisons-nous là ? s'impatienta Junia.

— Nous attendons qu'on vienne nous chercher…, balbutia Livia. Un laniste[1] va nous mener auprès des

1. « manager » des gladiateurs.

combattants agonisants… Cela me dégoûte un peu, mais mon fils, Hécatorius, pense que cela pourrait nous être d'un grand secours en ces circonstances.

Shagan se garda de tout commentaire ; d'ailleurs, le laniste venait d'apparaître dans l'encadrement d'une porte dérobée. D'un geste, il signifia aux belles dames de lui emboîter le pas, ce qu'elles firent avec des gloussements d'excitation.

Ils remontèrent un tunnel bas de plafond pour déboucher dans une salle où flottait l'odeur du sang. Des gladiateurs morts reposaient sur le sol, au milieu de flaques rouges. Des esclaves achevaient de les débarrasser de leur coûteux équipement, les laissant nus et balafrés dans l'éclat tremblotant des lampes à huile. Le laniste s'interposa, empêchant les femmes de s'approcher davantage. Il annonça les prix : dix *ases* pour avoir le droit de tremper son mouchoir dans le sang des morts… quant aux tranches de foie, c'était beaucoup plus cher, bien entendu.

Déjà, un esclave s'agenouillait, le couteau à la main pour ouvrir l'abdomen d'un mort qui, un instant plus tôt, portait encore une cuirasse d'hoplomaque. D'une main experte, il préleva le foie du cadavre et, comme un boucher, le déposa sur un billot.

Shagan et Junia savaient de quoi il retournait. Le sang des gladiateurs morts au combat était réputé pour éloigner le mauvais œil. Les dames en imprégnaient un mouchoir qu'elles conservaient ensuite coincé entre leurs seins ; ce puissant talisman les protégeait des influences néfastes. Certaines achetaient des fioles de sang frais qu'on faisait absorber aux malades et aux vieillards pour leur redonner vigueur et santé. Quant au foie, on prétendait qu'il suffisait d'en manger une tranche pour guérir les virilités les plus défaillantes[1]. Les lanistes encourageaient ces croyances qui leur permettaient de faire d'ultimes bénéfices sur les dépouilles des hommes qu'ils avaient conduits au trépas. C'était un commerce florissant, les gladiateurs, morts ou vivants, jouissant d'un grand prestige auprès des femmes de la haute société romaine.

Voyant que sa mère ne se décidait pas, Hécatorius tendit son mouchoir et quelques pièces de monnaie à l'officiant. Celui-ci les compta avec méfiance, puis, d'un geste rapide, plongea le carré d'étoffe dans la blessure qui bâillait sur le ventre du défunt. Avec un sourire narquois, il rendit le tissu trempé à l'adolescent. Hécatorius se tourna vers Livia.

— Mère, souffla-t-il, prenez-le. On dit que le charme est plus puissant quand le sang est encore chaud… Prenez-le, je vous en supplie. Je ne supporte pas de vous savoir en danger.

Livia eut un mouvement de recul. Un instant, elle fut sur le point de s'enfuir, puis, dominant sa répulsion, elle se saisit du mouchoir sanglant et le glissa entre ses seins, par l'encolure de sa tunique, de manière qu'il soit retenu par son *strophium*[2]. Le chiffon imprima une trace rouge sur sa peau.

Shagan crut qu'elle allait défaillir, mais elle se ressaisit.

— Partons d'ici, balbutia-t-elle, cet endroit est horrible.

Elle se précipita vers la sortie tandis que le laniste empaquetait déjà les premières tranches de foie.

1. Authentique.
2. Bande de tissu faisant office de soutien-gorge.

Ils se retrouvèrent dehors, en plein soleil. Livia avait recouvré en partie la maîtrise de ses nerfs. Son fils la soutenait avec des gestes tendres.

Trop tendres, estima Junia. *Ce puceau est amoureux de sa mère, à n'en pas douter. Il serait grand temps de l'emmener faire un tour chez les louves !*

Une litière attendait, à l'écart. Livia se dirigea vers elle.

— Mon époux est à la chasse, expliqua-t-elle, il ne rentrera peut-être pas avant demain, c'est le moment rêvé pour vous faire entrer dans la maison. Le Chaldéen s'y trouve déjà. Je l'ai mis au courant, il vous expliquera comment jouer votre rôle. Il me déplaît d'agir ainsi, dans le dos de mon mari, mais j'ai peur. Depuis plusieurs semaines je fais des rêves prémonitoires... Il y est beaucoup question de sang, de mort... Je vois la foudre s'abattre sur le domaine...

Elle s'interrompit pour cacher son visage dans ses mains.

— Mère, intervint Hécatorius, vous vous faites du mal. Il est temps de rentrer.

Avec des gestes d'une grande douceur, il aida Livia à s'étendre dans la litière et s'installa à ses côtés.

— En route ! cria-t-il aux porteurs avant de fermer les rideaux.

Junia n'eut d'autre choix que de trotter dans leur sillage et de manger la poussière soulevée par les pieds des esclaves.

3

Il leur fallut deux heures pour sortir des faubourgs et gagner une vaste propriété s'étendant aux abords de la campagne. Vue de l'extérieur, la maison n'offrait qu'une suite de murs aveugles, dépourvus de fenêtres, comme toutes les habitations romaines. Des phallus surdimensionnés avaient été suspendus sous le porche. Sous l'effet de la brise, ils se heurtaient les uns aux autres, produisant un bruit de clochettes. Junia et Shagan savaient qu'il ne fallait voir là aucune intention érotique. Les pénis géants devaient être considérés comme des objets apotropaïques, c'est-à-dire susceptibles d'éloigner le mauvais sort. De toute manière, les Romains n'étaient pas prudes ; ils considéraient le sexe comme une activité agréable dont ils auraient eu tort de se priver, ni plus, ni moins.

La géante s'immobilisa, les mollets raidis par la longue course qu'elle venait d'effectuer. Les paupières plissées, elle considéra la campagne environnante, avec ses ifs noirs dressés comme autant de sentinelles. Son instinct lui soufflait qu'en dépit de l'atmosphère idyllique du lieu, le danger rôdait aux alentours. Elle n'aurait su dire pourquoi, mais les herbages frissonnant dans le vent lui semblaient peuplés de présences invisibles et malfaisantes. Le soleil, le chant des oiseaux n'étaient que les composantes d'un camouflage sournois. D'une pression discrète des doigts, Shagan lui fit comprendre qu'il partageait ses appréhensions. Cet endroit regorgeait de vibrations négatives.

Des petits dieux, se dit-il. *Une multitude de dieux minuscules, mécontents et unis dans la même haine des humains. Une armée de gnomes qui encercle le domaine, se rapprochant chaque nuit un peu plus…*

Il s'ébroua, luttant contre le malaise qui s'emparait de lui. Dans un geste de conjuration, il effleura de la main droite l'un des pénis de bronze suspendus au-dessus de sa tête. « Mutunus, Tutunus… » murmura-t-il, égrenant les syllabes d'une conjuration dont plus personne ne connaissait l'origine.

Les esclaves avaient repoussé les battants de la lourde porte de chêne cloutée. Livia descendit de la litière pour s'avancer dans l'*atrium*. Le long des murs s'alignaient les masques mortuaires de tous les *pater familias* ayant régné sur la maison. Les visages de cire rose fixaient les nouveaux venus de leurs yeux morts. Junia réprima une grimace. Elle avait toujours détesté cette coutume romaine. Comment pouvait-on supporter, en rentrant chez soi, d'être accueilli par une cohorte d'outre-tombe aux faces ravagées par la vieillesse ?

— Mon époux pratique encore les anciens rites, s'excusa Livia. Sous certaines de ces dalles sont enterrées les dépouilles de ses ancêtres…

Shagan hocha la tête. L'ensevelissement, considéré comme un rite obscurantiste, n'était plus pratiqué depuis des décennies. On lui préférait la crémation.

Du reste, la demeure était belle, bâtie dans une pierre rose. Un portique à colonnades entourait l'*impluvium*. Shagan ne tarda pas, cependant, à remarquer la présence de réseaux de fissures sur les murs, comme si l'architecture se désagrégeait sous l'effet d'un travail de sape.

Des gnomes, songea-t-il, *pas plus grands que le pouce, et qui creusent des galeries dans l'épaisseur des parois, comme des mineurs à l'ouvrage...*

Il eut envie de coller son oreille contre l'une des crevasses. Peut-être les entendrait-il ainsi rire et se moquer des humains ?

Il fit un effort pour se ressaisir. Si, en plein jour, il prêtait déjà le flanc aux fantasmagories, qu'en serait-il lorsque s'installeraient les ténèbres ?

— Mon mari peut rentrer d'un moment à l'autre, souffla Livia. Il serait prudent que je vous conduise auprès du Chaldéen. Soyez discrets dans votre enquête. Si Bruto apprend que je vous ai introduits ici contre sa volonté, il entrera dans une colère terrible. Il se fait fort de régler le problème lui-même... C'est un ancien soldat, voyez-vous...

Hécatorius s'interposa.

— Laissez, mère, dit-il, je vais m'occuper de ces gens. Allez vous reposer, le voyage vous a épuisée.

L'adolescent se dépêcha d'entraîner la géante et le cul-de-jatte à l'arrière de la demeure, du côté des cuisines. Les jardins étaient vastes, parsemés de bassins et d'arbres fruitiers. Shagan se rappela que les Romains avaient la passion de l'art topiaire, au point qu'il leur arrivait de faire peindre des végétations en trompe l'œil à l'intérieur des maisons.

— Ma mère n'exagère pas, martela Hécatorius avec nervosité. Mon père est un homme violent, soyez circonspects. S'il soupçonne quelque chose, il est capable de vous faire crucifier. Cela s'est déjà produit.

— Je croyais que les maîtres n'avaient plus le droit de tuer leurs serviteurs… fit remarquer Shagan.

— C'est exact, soupira le jeune homme, mais qui va se soucier de venir enquêter sur ce qui se passe ici, entre ces murs ? Mon père n'est pas acquis aux idées nouvelles. Elles sont, selon lui, le symptôme d'une faiblesse qui gangrènera bientôt l'Empire et le mènera à sa perte.

Shagan allait poser une nouvelle question quand il aperçut une douzaine de statues de bronze fichées en cercle au milieu du jardin. Il n'aurait su dire pourquoi, mais ces figures verdâtres, aux faciès hostiles, lui glacèrent le sang.

Les statues juchées sur des piédestaux de marbre noir avaient, à l'origine, représenté des légionnaires sanglés dans leur cuirasse, la tête coiffée du traditionnel casque à cimier ; aujourd'hui, sous l'effet d'un gauchissement inexplicable du métal, ces grandes anatomies musculeuses évoquaient des cadavres en voie de putréfaction.

Les chairs amollies semblaient près de se détacher de la charpente osseuse pour couler sur les *caligae*[1] de leur propriétaire. Le crâne pointait sous le masque de peau en train de se défaire…

— Par les dieux… souffla Junia, victime de la même illusion.

1. Brodequins de soldats, à lanières multiples.

L'espace d'une seconde, les deux complices furent persuadés qu'ils contemplaient des cadavres empalés sur des piquets et noircis par la décomposition, puis l'illusion se dissipa, et ils comprirent qu'ils se trouvaient en face de statues de bronze curieusement abîmées.

— De quoi s'agit-il ? grogna le cul-de-jatte. J'espère que ton père n'a pas payé trop cher pour de telles horreurs !

L'adolescent détourna les yeux avec gêne.

— N'en parlez pas avec tant de légèreté ! haleta-t-il. Ces bronzes représentent les douze compagnons d'armes de mon père. Ils sont tous morts à présent, mais certains lui ont sauvé la vie en Égypte et en Germanie. Ils ont combattu à ses côtés, ont mêlé leur sang au sien. La fraternité qui les lie est plus forte que s'ils étaient nés de la même mère. Titus Bruto vénère leurs *manes*[1], il vient se recueillir au centre de ce cercle pour leur demander conseil chaque fois qu'il a un problème.

— Je peux comprendre cela, coupa Shagan, mais pourquoi ces statues sont-elles dans cet état de déliquescence ?

— *La foudre*... murmura Hécatorius. La foudre ne cesse de s'abattre sur elles. À force de subir sa fureur, elles ont fondu. On ne connaît pas la raison de cet acharnement. Ces hommes étaient des héros, ils n'ont rien fait qui puisse justifier la colère des dieux, et pourtant... Ce mystère rend mon père fou de rage, il y voit une injure divine, un manque de respect. Il a multiplié les sacrifices sans résultat. Le Chaldéen que vous allez

1. Esprits des défunts.

rencontrer est justement là pour essayer de trouver une solution à ce problème.

Shagan fit la moue. Les statues avaient installé en lui un dégoût qu'il ne parvenait pas à refouler.

Pourtant, ce n'est que du bronze, se répéta-t-il. *Du bronze ramolli par la chaleur des éclairs. Rien de plus.*

Oui, c'était vrai, mais son esprit s'obstinait à penser « cadavres », « putréfaction »...

Pour Junia, les sculptures évoquaient des momies égyptiennes débarrassées de leurs bandelettes de lin, et condamnées à exposer leur anatomie noircie de résine en plein jour.

— Venez ! s'impatienta le jeune garçon, ne traînons pas ici, mon père déteste que des étrangers foulent ce lieu.

Le « Chaldéen » les attendait dans la cuisine, attablé devant un pichet de vin dont il avait déjà englouti les deux tiers. Comme il fallait s'y attendre, il n'avait de chaldéen que le nom, ce terme générique servant en réalité à désigner tous ceux qui faisaient profession d'interpréter la foudre.

Junia fit la grimace. Elle n'aimait pas l'odeur du vin. Ayant grandi en Égypte, elle avait pris goût à la bière qu'on fabrique là-bas avec du pain, de l'eau et du miel. Hélas, les Romains n'étaient guère amateurs d'hydromel, et c'est à peine s'ils importaient quelques tonneaux de cervoise produite par les Gaulois.

Ayant fait les présentations, Hécatorius se retira sans attendre.

Le Chaldéen salua les mercenaires d'une voix pâteuse. Il se nommait Asklépios. C'était un homme décharné, nerveux, dont le menton s'ornait d'une longue barbiche noire tressée.

— C'est un mauvais endroit, compagnons, bredouilla-t-il en essayant de recouvrer sa dignité. Vous avez vu les statues ? La foudre s'abat sur elles dès que passe un orage... Le métal est gorgé de la colère de Jupiter. Une véritable éponge de haine... Si cela continue, elles descendront bientôt de leurs piédestaux pour se mettre à marcher. Elles entreront dans cette maison pour en étrangler les habitants... Cela s'est déjà vu, savez-vous ?

Junia comprit qu'il avait réellement peur et qu'il buvait depuis des heures pour se donner du courage.

— Du calme, fit Shagan d'un ton apaisant. On n'en est pas encore là. Explique-nous plutôt en quoi consiste ton travail.

— Je... je lis l'avenir dans la forme des éclairs, murmura Asklépios. Chaque dessin correspond à une prophétie. Les tracés des éclairs sont recensés dans un livre sacré, il suffit de le consulter pour obtenir une réponse... La grande difficulté, c'est de se rappeler les contours exacts du zigzag dessiné par la foudre... Il faut fixer le ciel, les yeux grands ouverts. Beaucoup de mes semblables deviennent aveugles au fil des ans.

— Et ensuite ? s'impatienta Junia.

— Je dois sanctifier l'endroit où la foudre s'est abattue... Vous comprenez, c'est comme si la main d'un dieu s'était posée sur cet objet, sur ce lieu... Il faut l'entourer d'une barrière, faire des sacrifices. Un objet frappé par la foudre est à jamais différent. Il est imprégné d'énergie divine. Une énergie qui peut tourner à l'aigre si on ne l'apaise pas. On a vu des arbres à demi calcinés arracher leurs racines de terre et se déplacer à travers la campagne… Ils utilisaient leurs branches comme un poulpe ses tentacules. Ils s'en servaient pour saisir les paysans et les étrangler…

Derrière le devin, une jeune servante laissa échapper un gémissement de terreur et faillit lâcher l'amphore qu'elle transportait.

— Plus bas, l'ami, grommela Shagan. Tu veux donc faire fuir toute la maisonnée ?

Asklépios eut un geste de lassitude.

— Ce serait peut-être la meilleure solution, soupira-t-il. Nous nous attaquons à quelque chose qui nous dépasse. Il n'est pas dit que nous ressortions vivants de cet endroit.

— Si nous allions voir ça de plus près ? proposa Junia. Tu nous montreras les gestes que nous devrons faire pour jouer notre rôle.

Le Chaldéen se leva à regret, saisit une besace qu'il assujettit sur son épaule et sortit de la cuisine.

Le jour baissait. La campagne se couvrait de brume. Les ombres des ifs s'allongeaient sur le sol en direction de la maison, comme si elles avaient l'intention de se ficher dans le bâtiment. Acérées, elles évoquaient des pointes de lances.

Le dos voûté, Asklépios s'engagea dans le cercle formé par les statues en psalmodiant des formules protectrices. Plongeant la main dans son sac, il en tira un phallus de bronze qu'il utilisa pour tracer des figures géométriques dans l'air. Bien qu'endurci par les combats, Shagan se sentait mal à l'aise. Dans le brouillard crépusculaire, les sculptures prenaient une allure encore plus menaçante. Les visages, à demi fondus, hideux, lui rappelaient ceux qu'il avait entrevus jadis dans les décombres des cités incendiées.

— Elles vibrent d'énergie contenue, haleta le devin. Il suffirait de peu de chose pour qu'elles s'animent. Que la foudre les frappe une fois de plus et elles descendront de leurs socles…

Junia résista à l'envie de le coucher dans l'herbe d'un coup de poing. Le monde romain fourmillait de dieux minuscules et sournois, qui pouvaient à tout instant se retourner contre les humains. L'outil le plus commun – les montants d'une porte, le manche d'un balai, une hache – servait d'asile à une divinité dérisoire dont il fallait se concilier les bonnes grâces au moyen de sacrifices, d'offrandes. Ces présences invisibles finissaient par devenir obsédantes.

— Pourquoi la colère de Jupiter Tonnant s'abattrait-elle sur ces statues ? s'enquit Shagan. D'après ce que j'en sais, il s'agirait de héros, d'hommes valeureux s'étant illustrés en Germanie… Les dieux aiment les héros, non ?

— Oui, admit Asklépios, sauf si ces héros se sont rendus coupables d'un quelconque sacrilège. Cependant tout peut s'arranger, il suffirait pour cela de consentir à un sacrifice conséquent.

— Quel genre de sacrifice ? demanda Junia, méfiante.

Le Chaldéen parut réfléchir.

— Je pense qu'on pourrait détourner la colère divine au prochain orage, énonça-t-il avec lenteur. Pour cela, il conviendrait de lâcher un esclave dans la campagne. Un esclave chargé de chaînes… Tout le monde sait que la foudre aime le métal… La foudre s'abattrait sur lui, le réduisant en cendres. Ce sacrifice apaiserait les dieux. Probablement. Oui, j'imagine que ce serait une solution…

— Tu comptes la proposer au maître de maison ? interrogea Shagan.

— Évidemment ! s'offusqua Asklépios. Si tu me poses la question c'est que tu n'as jamais rencontré Titus Bruto ! Si nous ne réussissons pas à purifier ses chères statues, nous ne rentrerons jamais chez nous. Il a déjà tué plusieurs esclaves, sais-tu ? Il se moque bien que la loi l'interdise sans procès préalable. Il a crucifié de ses mains un jardinier qui avait taillé les buissons de travers.

La peur le faisait bafouiller. Il inspira profondément pour se calmer.

— Oui, répéta-t-il. Un esclave bardé de chaînes, qu'on lâcherait à travers la campagne… ou bien qu'on attacherait à un arbre. La foudre aime aussi les arbres.

Junia s'approcha de l'une des statues. En dépit de ses efforts, elle ne parvint pas à poser les doigts sur le métal fondu. Une crainte obscure lui soufflait que si elle se laissait aller à une telle familiarité, l'homme de bronze la saisirait à la gorge, lui broyant la trachée-artère.

— Il est possible que ces héros aient un jour offensé les dieux, souffla Asklépios. Quel soldat n'a pas, dans un moment d'égarement, profané un temple, violé une prêtresse, dérobé un objet sacré ? Jupiter s'acharne sur ces statues pour en chasser les *manes* qui s'y abritent…

Shagan ne prêtait qu'une oreille distraite à ces explications. Il savait que les augures étaient prodigues en justifications fantaisistes. Tout de même, le sacrifice humain envisagé par le Chaldéen le mettait mal à l'aise. Il imagina un esclave nu, bardé de chaînes, s'enfuyant à travers les champs de blé sous les grondements de l'orage. La foudre le frappait. Il s'écroulait, de la fumée sortant par la bouche, les organes cuits par la violence de la décharge qui venait de le traverser. Il convenait de se méfier des éclairs quand on portait du fer à même la peau, tous les soldats en étaient conscients. Quand un orage éclatait, ils se hâtaient d'ôter leur casque et leur cotte de mailles. Oui, à n'en pas douter, le stratagème d'Asklépios pouvait fonctionner.

— Rentrons, décida soudain le devin. La nuit s'installe, la puissance des statues s'en trouvera décuplée. Ne prenons pas de risques inutiles.

Ils regagnèrent la cuisine où on leur servit un repas composé d'olives, de fromage et de pain. Les esclaves se déplaçaient en silence, avec des gestes furtifs. On les devinait tendus. Junia retint par un pan de sa tunique une jeune fille qui s'enfuyait.

— Votre maître n'est toujours pas rentré ? lui demanda-t-elle.

— Non, bredouilla l'adolescente. Quand il part chasser les loups, il reste absent plusieurs jours.

— Il chasse seul ?

— Oui… Il se lance à la poursuite des loups quand la colère monte en lui et qu'il se sent sur le point de faire des choses interdites. Alors il prend ses armes, son paquetage de légionnaire, et il s'enfonce dans la forêt. Il massacre les loups pour éviter de passer sa rage sur ses serviteurs … Quand la haine lui brouille l'esprit, il est capable de tuer un homme à coups de poing… Or les esclaves coûtent cher…

— Alors que les loups sont gratis, compléta la géante avec un ricanement. Si je comprends bien, il ne fait pas ça par bonté d'âme mais par économie !

Le Chaldéen s'empressa d'intervenir.

— À mon avis, murmura-t-il, il serait plus sage de ne pas chercher à rencontrer Titus Bruto. C'est un homme troublé qu'agitent des esprits mauvais. Un général médiocre qui n'a jamais réussi à s'illustrer par quelque action d'éclat. Un tyran, détesté par ses hommes, pratiquant la *decimatio*[1] plus souvent que nécessaire. Il est tombé en disgrâce pour avoir fait massacrer ses cohortes dans un engagement imbécile, en Germanie.

— Pourquoi Livia Andronica l'a-t-elle épousé ? s'enquit Junia.

— Il est bel homme, soupira le devin. Beau parleur, tournure avantageuse, avec une nette propension à exagérer ses exploits dans les forêts du Nord. Pour s'amuser, il lui est arrivé de descendre dans l'arène et d'affronter des gladiateurs[2]. Cela a beaucoup contribué à exciter les dames… Encore une fois, je vous en conjure : soyez prudents, ne le provoquez pas. Il pourrait lui prendre l'envie de nous faire arrêter. Savez-vous qu'il a vendu un esclave qui s'était montré insolent à un médecin, afin que celui-ci puisse le disséquer vivant[3] ?

---

1. Sanction militaire consistant à exécuter un soldat sur dix.
2. Certains patriciens ne dédaignaient pas, en effet, de s'exhiber de la sorte.
3. De nombreux « scientifiques » pratiquaient la vivisection sur des condamné(e)s dans le but d'accroître leur connaissance du corps humain.

Je n'ai aucune envie de finir ainsi. Je regrette d'avoir cédé à l'appât du gain et d'être venu ici. Sitôt le rite de purification achevé, je m'enfuirai à toutes jambes, et vous feriez bien de m'imiter.

L'obscurité s'installait dans la maison. Pour économiser l'huile d'olive qui coûtait cher, les serviteurs soufflaient les lampes les unes après les autres. On jeta aux visiteurs de minces paillasses bourrées de foin séché. Les esclaves s'installaient déjà sur le dallage de la cuisine, pêle-mêle ; le Chaldéen s'empressa de les imiter mais Shagan et Junia, eux, retournèrent dans le jardin. Tapis dans les ténèbres, l'arme à la main, ils se mirent à l'affût. Ils n'avaient aucune idée de ce qu'ils allaient devoir affronter mais ils étaient prêts à toute éventualité.

Lorsque la lune se cachait derrière les nuages, la campagne environnante se changeait en un bloc de nuit compacte qui leur donnait l'illusion d'être aveugles. Chaque fois que cela se produisait, il leur semblait détecter des frôlements, des pas étouffés…

Les statues, songea Shagan. *Elles profitent de l'obscurité pour descendre de leurs piédestaux et se rapprocher de la maison…*

D'ordinaire il ne se montrait pas aussi superstitieux, mais l'atmosphère viciée qui planait sur le domaine éveillait en lui des peurs enfouies.

Il crispa les doigts sur son grand marteau nordique, doutant toutefois que l'arme puisse lui être d'une quelconque utilité pour affronter un colosse de bronze.

— On vient dans notre direction… murmura Junia.

— Une statue, tu crois ? haleta le cul-de-jatte.

— Non, trop léger.

La dague de la géante chuinta doucement en quittant son fourreau.

Par chance, la lune daigna enfin montrer sa face en tranche de navet ; sa lueur grise, réverbérée par le marbre des colonnades, éclaira une mince silhouette occupée à raser les murs.

— Le môme… marmonna Shagan, soulagé. Hécatorius.

Il s'agissait en effet du fils de Livia Andronica. Vêtu d'une courte tunique, il avançait d'un pas décidé.

— Le Chaldéen m'a dit que vous montiez la garde, fit-il d'un ton qu'il s'efforçait de rendre impérieux. J'ai décidé de me joindre à vous. Je dois vous expliquer certaines choses.

— Nous sommes déjà au courant en ce qui concerne les statues, fit Shagan.

L'adolescent eut un geste agacé.

— Ce ne sont pas les statues de mon père qui m'inquiètent, siffla-t-il sur un ton de jeune patricien, *mais la maison*… Vous verrez, d'ici une heure elle va se réveiller. C'est toujours la nuit que ces choses se produisent. Des bruits, des galopades à l'intérieur des murs.

— Des rats, peut-être ? suggéra Junia.

— Les rats n'éclatent pas de rire et ne jouent pas de la musique, répliqua le garçon. Lorsqu'on colle l'oreille aux fissures on entend tout cela. Comme l'écho d'une fête lointaine. Des airs de flûte. Des rires, le piétinement d'une danse…

Sa voix s'étrangla et il se tut.

La géante recula de trois pas pour s'éloigner de l'adolescent. L'odeur de sa peau lui faisait tourner la tête. Une peau jeune et fraîche, gorgée de sang, cachant des muscles souples. Depuis un moment elle sentait s'éveiller ses vieilles pulsions cannibales. Elle eut soudain peur d'être incapable de se contrôler. Des images atroces et délicieuses déferlèrent dans son esprit. La gourmandise lui creusa l'estomac. Elle enfonça ses ongles dans ses paumes pour se rappeler à la raison.

— Tout a commencé quand mon père a entrepris de faire bâtir cette partie de la maison, poursuivit Hécatorius. Il est entré en conflit avec l'architecte, un esclave grec acheté à cette occasion. L'homme s'appelait Kalikidès, il avait été fait prisonnier lors d'un combat naval. Il avait une très haute opinion de lui-même. D'emblée, il a rejeté les plans dessinés par mon père… Ça a été le début d'un affrontement terrible. Kalikidès avait une épouse, Sophia ; mon père l'a menacé de la faire emmurer vive s'il ne se conformait pas aux plans d'origine.

Shagan hocha la tête. La haine opposant les Grecs et les Romains était connue de tous. Les Hellènes considéraient les Romains comme des barbares incultes ; les Romains, eux, voyaient dans les Grecs des colporteurs de fausses sciences, des charlatans, des empoisonneurs, des assassins déguisés en médecins.

— Kalikidès a fini par bâtir la maison comme on le lui ordonnait, mais, les travaux achevés, il a déclaré qu'elle était aussi laide qu'un grenier à foin, et que seul un bœuf pourrait s'y sentir à l'aise. Mon père est entré dans une violente colère… Il…

— Il a tué l'architecte ? compléta Shagan.

— Non, c'est pire, haleta l'adolescent. Au cours de la nuit qui a suivi, il a fait emmurer vive la femme de

Kalikidès, dans l'une des niches à statues de l'*atrium*... Puis, au matin, il a vendu l'architecte à un médecin désireux de se procurer des spécimens de vivisection. À ce qui se raconte, Kalikidès a été découpé vivant devant un aréopage de philosophes dissertant sur le fonctionnement des organes urinaires. Il est mort au bout de plusieurs heures, dans d'atroces souffrances. Afin que ses cris ne troublent pas les discussions de la docte assemblée, on lui avait au préalable sectionné les cordes vocales et la langue.

— Hum, hum... se contenta de lâcher Shagan.

Il n'était pas surpris. Si la grande majorité des *pater familias* se comportaient avec équité, il arrivait que certains d'entre eux cèdent à la volupté de la tyrannie domestique. Cette tentation se trouvait renforcée par le fait que chaque chef de famille, dans le système romain, était également grand prêtre du culte familial, c'est-à-dire seul et unique intercesseur capable d'entrer en communication avec les dieux. À cela s'ajoutait une autre particularité : chaque famille adorait ses propres dieux, qui n'étaient pas ceux du voisin. L'identité et la nature des *lares*[1] changeaient d'un clan à l'autre. Une femme, qui en se mariant changeait de famille, devait apprendre à vénérer d'autres divinités.

Shagan jugeait ce système étrange et dangereux, car il contribuait à renforcer l'illusion autarcique des chefs de famille ; ceux-ci – petits rois d'un minuscule royaume – finissant par estimer qu'ils n'avaient de comptes à rendre à personne.

1. Dieux du foyer, spécifiques à chaque groupe familial.

— Suivez-moi, souffla Hécatorius, je vais vous montrer où cela s'est passé.

Ouvrant la marche, il longea le péristyle jusqu'à une encoignure. Le mur paraissait bosselé, mal aplani.

— C'est Sophia qui a fait cela en se débattant, chuchota l'adolescent. Pendant qu'elle étouffait. On l'avait liée à un poteau, mais elle s'est tout de même débattue. Le ciment[1] frais s'est déformé sous l'effet de sa gesticulation…

Il déglutit. Les pupilles dilatées, il fixait le mur inégal comme s'il s'attendait à en voir jaillir le cadavre de la victime.

— Quand cela s'est-il produit ? s'enquit Shagan.

— Il y a cinq ans… Pendant que le médecin l'emmenait, Kalikidès nous a maudits. Il a crié que la maison le vengerait… qu'elle finirait par s'écrouler sur nos têtes et nous ensevelir, que nous finirions comme sa femme, Sophia, la bouche pleine de plâtras, étouffant. Mon père s'est contenté de hausser les épaules, mais un an plus tard, les premières fissures sont apparues… On a eu beau les colmater, elles revenaient toujours. Et puis il nous a fallu admettre qu'elles étaient habitées. Vous pourrez le constater par vous-mêmes, dans un instant.

Junia songea que l'adolescent avait probablement neuf ou dix ans quand il avait assisté au supplice de Sophia. Qu'avait-il éprouvé ? De l'horreur, du dégoût… ou de l'admiration pour son père ?

Elle n'aurait su le dire. L'habitude des jeux du cirque endurcissait les plus jeunes. C'était d'ailleurs là leur

1. Les Romains fabriquaient un excellent ciment à base de poussière volcanique.

principale fonction, prétendaient les philosophes : le spectacle des atrocités aguerrissait les futurs soldats, les préparant à défendre l'Empire. Les massacres perpétrés dans l'arène avaient une valeur éducative qu'aucun autre enseignement ne possédait.

— Écoutez ! gémit tout à coup Hécatorius. *Ça commence !*

Shagan s'approcha du mur pour coller son oreille contre une fissure. Au début il n'entendit pas grand-chose, puis son tympan enregistra un bruit de reptation, comme si quelqu'un se déplaçait dans l'épaisseur de la cloison.

Bon, se dit-il, *les rats produisent de semblables frôlements. Pas de quoi s'affoler. Ce gosse a trop d'imagination.*

— Ma mère… haleta l'adolescent. Ma mère a rêvé que les mains de Sophia s'étaient détachées de ses poignets, et qu'elles se creusaient un chemin dans l'épaisseur de la maçonnerie… Vous comprenez ? Elles progressent en direction des chambres à coucher. Quand elles les auront atteintes, elles sortiront du mur pour nous étrangler dans notre sommeil !

— La paix, petit ! grogna la géante, tu nous empêches d'écouter.

— Les mains de la morte… hoqueta Hécatorius. Elles se promènent dans la cloison, elles creusent un tunnel… Vous ne comprenez donc pas !

— Ça suffit ! gronda Junia en le saisissant par le devant de sa tunique. Vas-tu donc cesser de pleurnicher ?

La peur avivait l'odeur de chair fraîche qui montait du jeune garçon. La géante en fut grisée. Elle s'empressa de repousser Hécatorius qui, déséquilibré, tomba sur le derrière.

— Je… je te ferai fouetter ! bégaya-t-il. Personne ne m'a jamais traité de la sorte.

— Taisez-vous ! ordonna Shagan, j'entends quelque chose.

Hécatorius ne mentait pas. Shagan venait de percevoir l'écho lointain de coups de pic, comme si des homoncules pas plus grands que le pouce maniaient le piolet à l'intérieur de la crevasse.

Par les dieux ! songea-t-il. *Je deviens fou.*

Son trouble s'accentua lorsque retentirent les premiers rires. Des rires *minuscules*, comme pourrait en émettre une souris ; si une souris savait rire…

À n'en pas douter, il y avait du monde là-dedans ! Tout un petit peuple qui travaillait à transformer la muraille en termitière.

Enfin, l'écho d'une flûte lui parvint, ténu, gracile. Une flûte à peine plus grosse qu'une aiguille et dont la musique était à peine perceptible.

Shagan se redressa vivement, comme s'il venait de se brûler l'oreille. Junia avait perçu l'improbable mélopée, elle aussi. Elle le dévisagea, interdite, ne sachant quelle attitude adopter.

— Vous les avez entendus, hein ! haleta Hécatorius, revenant à la charge. Vous voyez que je ne mentais pas. Les murs sont infestés… Ils se reproduisent, ils se répandent. Ils sont partout. Une vermine qui travaille de la pioche dès la nuit tombée. Ils affaiblissent la structure de la maison pour qu'elle s'écroule sur nous. Vous devez faire quelque chose !

Shagan s'avoua décontenancé. Tout infirme qu'il était, il avait tué plus d'un homme au corps à corps, mais les manifestations surnaturelles le laissaient désarmé. Il hésita, se demandant s'il devait abattre son marteau sur la paroi pour agrandir la fissure et broyer les créatures qui s'y cachaient. La main de Junia l'arrêta dans son élan.

— Attendons le jour, dit sagement la géante. Il faut prendre le temps de réfléchir à tout ça.

4

Quand Hécatorius les eut laissés seuls, ils dormirent trois heures. Shagan rêva des mains de Sophia qui, tel un couple de taupes, fouaillaient la maçonnerie pour s'ouvrir un passage en direction de la chambre des maîtres. Était-ce possible ? Il n'en savait rien.

Quand le jour se leva, les deux compagnons réveillèrent le Chaldéen pour lui narrer leurs découvertes nocturnes. Asklépios grogna en se frottant les yeux, la tête encore alourdie par le mauvais vin du Vatican ingurgité la veille.

— Tout est possible, lâcha-t-il enfin. La haine et le désir de vengeance peuvent générer bien des manifestations. Cette maison baigne dans la violence et le crime, c'est une évidence. En multipliant les sacrifices appropriés, il est toutefois possible de se débarrasser des lémures.

En guise de déjeuner on leur offrit une coupe d'eau claire et quelques olives. Les Romains avaient la détestable habitude de ne rien absorber le matin. C'est à peine s'ils mangeaient davantage le midi car ils se « réservaient » pour la *cena*, le repas du soir, au cours duquel ils se gavaient avant d'aller dormir. Shagan et

Junia jugeaient ces coutumes absurdes ; c'était pendant le jour qu'un homme avait besoin de soutenir son effort par l'absorption de nourriture, pas quand il était plongé dans le sommeil !

Les deux mercenaires crachaient le noyau de leur dernière olive quand un grand branle-bas se fit dans la maison. Les serviteurs, saisis par une brusque panique, se mirent à courir en tous sens, le visage déformé par la crainte.

— Que se passe-t-il ? s'enquit Junia.

— Le maître est de retour ! balbutia une jeune esclave, les dieux nous protègent de sa colère.

— Dissimulez vos armes ! souffla le Chaldéen. Titus Bruto n'en supporterait pas la vue. Et adoptez une attitude humble. Ne le regardez jamais dans les yeux.

Sans répondre, Shagan et sa compagne se postèrent à l'entrée de la cuisine pour jeter un coup d'œil dans le jardin. Un homme de haute taille, aux cheveux ras, était en train de descendre de son cheval. Puissamment charpenté, il avait dépassé la cinquantaine sans rien perdre de sa prestance. Ses mains, musclées par le maniement prolongé du glaive, paraissaient énormes. Son visage, quoique sillonné de cicatrices, était d'une beauté sauvage qui devait émouvoir les dames. Excepté le casque, il portait l'accoutrement du légionnaire en campagne : la cotte de mailles, le gros ceinturon, le glaive suspendu à la hanche. D'une saleté repoussante, il était couvert de sang séché. Deux cadavres de loups reposaient en travers de sa selle. De toute évidence, les bêtes avaient été massacrées à la hache. Lorsque Titus Bruto se saisit des dépouilles, la tête de l'une d'elles se détacha.

Shagan s'était déjà fait une image précise du personnage. Il voyait en lui un officier supérieur sorti du rang, qui avait dû s'imposer auprès des hommes de troupe par la cruauté et la violence. Il avait gravi les échelons un à un, lentement. N'étant pas de naissance patricienne, il avait essayé de se propulser en haut de l'échelle grâce à des actions d'éclat, mais il avait joué de malchance. Impatient d'être enfin promu, il s'était montré imprudent. Ses soldats l'avaient craint et détesté. Aucun d'entre eux ne serait mort pour lui. Il avait erré de commandement secondaire en affectations lointaines, jusqu'au jour où il avait décidé de quitter l'armée, aigri, convaincu d'avoir été victime d'un complot visant à le maintenir à une place subalterne en dépit de sa valeur. Il avait alors épousé Livia Andronica, riche patricienne, et avait installé dans sa propriété une discipline de camp retranché.

Du reste, le bonhomme était impressionnant, sans un pouce de graisse, la musculature à peine flétrie par l'âge.

Une gueule de gladiateur, pensa Junia. *Arrogante, cruelle. Il a dû prendre un plaisir extrême à massacrer ces loups.*

Titus Bruto venait de déposer les dépouilles sanglantes au centre du cercle formé par les statues de bronze. Genou à terre, il se recueillit un moment. Sans doute adressait-il cette offrande à Jupiter Tonnant afin d'apaiser sa colère.

Puis il se redressa et se tourna vers la maison, la scrutant, les paupières plissées, comme s'il tentait de localiser un ennemi dissimulé dans la forêt. On eût dit qu'il avait flairé quelque chose d'anormal, qu'avant même de franchir le seuil il avait détecté la présence des mercenaires.

« Le gaillard est redoutable, estima Shagan. Il faudra jouer serré. »

Mais déjà les serviteurs se précipitaient vers le maître, lui apportant une coupe de vin et une serviette pour se débarbouiller. Titus Bruto vida la coupe, puis, arrachant ses vêtements avec agacement, se dépouilla de son costume de légionnaire. Complètement nu, il entra d'un pas lourd dans la maison.

— Quand il se sera lavé et reposé il nous convoquera, expliqua le Chaldéen. La *domus* possède ses propres thermes. Il va s'y faire masser, oindre de parfums, puis il mangera. Alors seulement il me fera venir pour me demander si j'ai trouvé le moyen de calmer la colère de Jupiter. Vous aurez intérêt à vous faire oublier. Prosternez-vous derrière moi et n'ouvrez pas la bouche. S'il vous interroge, feignez de ne pas parler latin. Je répondrai à votre place.

Il fallut se résoudre à attendre le bon vouloir du maître de maison. Les esclaves allaient et venaient dans la cuisine, apeurés, chuchotants.

Depuis l'arrivée de Bruto l'atmosphère avait changé. On se serait cru à l'aube de l'une de ces batailles dont on sait qu'elles sont perdues d'avance et vont faire un grand nombre de morts.

Shagan et Junia s'appliquèrent à banaliser leur apparence en revêtant des tuniques. Ils s'étaient résignés à paraître sans armes devant Titus Bruto.

Trois heures s'écoulèrent avant qu'un esclave ne vienne les chercher. Bruto s'était installé dans les jardins, sur un lit de réception. Il avait revêtu une tunique qui laissait découverts ses bras et ses jambes sillonnés de cicatrices anciennes.

À n'en pas douter, cet homme avait plus d'une fois combattu dans la mêlée, au coude à coude avec ses centurions. Il tenait à ce que cela se sache.

— Alors, lança-t-il au Chaldéen dès que celui-ci se fut agenouillé près du lit, as-tu trouvé une solution ?

Asklépios entreprit d'exposer son projet de sacrifice expiatoire : l'esclave couvert de chaînes, jeté en pâture aux éclairs…

Bruto l'écouta d'un air distrait. Son regard détaillait la mise des deux esclaves prosternés derrière le devin. La femme était une véritable géante, impressionnante. Comme tous les Romains, Bruto nourrissait une passion pour les monstres. L'espace d'une rêverie, il s'imagina aux prises avec cette gigantesque femelle, la frappant, puis la besognant avec ardeur. Il se dit qu'il aurait aimé la vaincre à la lutte, puis la violer. Avec une légère contrariété, il admit qu'il était préférable de ne pas toucher aux serviteurs du Chaldéen, cela pouvait mécontenter les dieux. Son regard glissa alors sur Shagan. Un cul-de-jatte de naissance. Une boule de muscles et de tendons, aux poings couverts de cals. Tout en nerfs, *dur*. Une sauvagerie de mauvais augure peinte sur la face. Un homme du Nord, probablement. Un Angle, un Picte… Ses bras recelaient une puissance redoutable. Deux monstres intéressants. Bruto songea qu'il aurait été amusant de les opposer dans l'arène. Il s'avoua qu'il n'aurait su sur lequel des deux parier. Il dut faire un effort pour se concentrer sur les explications du devin. Il aimait l'idée de l'esclave enchaîné chargé d'attirer la foudre... Oui, c'était bien. Jupiter Tonnant jugerait la chose amusante.

— Ta proposition me séduit, annonça-t-il en se redressant. Mais nous la corserons à ma manière. Nous ne nous contenterons pas d'offrir une seule victime aux dieux, ils pourraient y voir un signe de pingrerie ; non, c'est dix esclaves que nous jetterons en pâture à la foudre. Dix beaux esclaves pleins de vigueur. Il ne faut pas se montrer avare avec Jupiter, ce serait de la dernière maladresse.

Ses yeux brillaient d'une lueur mauvaise. La perspective de la cérémonie lui plaisait, elle viendrait secouer l'ennui qui pesait sur la maison. Homme d'action, Bruto se languissait dès qu'il s'agissait de jouer au patricien. La *recitatio*[1] l'endormait, comme la musique... Seule la danse le tenait éveillé, pourvu qu'elle soit exécutée par des filles dénudées.

Shagan et Junia relevèrent la tête dès que Titus Bruto se fut éloigné. Ils avaient tous deux perçu la malignité émanant du personnage et s'étaient gardés de le provoquer. La géante songea qu'elle aurait adoré le serrer contre elle jusqu'à lui briser les côtes et l'échine ; ensuite, elle lui aurait dévoré le nez, les joues, les oreilles, jouant à lui mettre les os de la face à nu. Son instinct lui soufflait cependant que la chose aurait peut-être été moins facile qu'elle ne l'imaginait.

---

1. Lecture par son auteur d'une pièce de théâtre, qui durait plusieurs heures, parfois même un jour ou deux !

— Bien, souffla Asklépios avec un soulagement évident, il a accepté le principe du sacrifice. Sitôt celui-ci exécuté, il faudra nous faire payer et prendre la fuite.

— Rien ne se fera sans le secours de la foudre, fit observer Shagan. Tu seras coincé ici jusqu'au prochain orage… qui éclatera peut-être dans trois semaines !

Cette perspective n'avait rien de réjouissant, mais les mercenaires comptaient mettre ce délai à profit pour trouver une solution au mystère des murs hantés.

Ils furent interrompus par les échos d'une violente dispute en provenance de la maison. Junia supposa que Bruto venait d'annoncer à Livia sa décision de mettre dix esclaves à mort, et que cette dernière appréciait très modérément cette initiative. Les esclaves coûtaient cher, en outre on n'avait plus le droit de les tuer sans procès préalable. La belle époque du *pater familias* omnipotent était aujourd'hui révolue.

Pour comble de malchance, le ciel se couvrit dès midi. L'air devint lourd et les insectes s'affolèrent. L'orage approchait. Les serviteurs chuchotaient entre eux dès qu'ils pouvaient s'isoler. La rumeur du sacrifice s'était répandue. Certains projetaient déjà de s'enfuir, mais la chose restait difficile à réaliser car tous portaient au cou un collier de bronze scellé portant la mention : *Je suis un esclave en fuite, j'appartiens à Titus Bruto.*

Le dissimuler sous un foulard n'était qu'un pis-aller, car les cohortes de vigiles assurant la police de la cité avaient l'habitude d'interpeller tout individu se déplaçant la gorge ceinte d'une bande d'étoffe.

— Si nous sommes pris, marmonna un vieillard, on nous ramènera ici, et le maître nous crucifiera. Rappelez-vous ce qui est arrivé à Tirésia… Avant que les dieux lui accordent la faveur de mourir, les corbeaux ont eu le temps de lui becqueter les yeux.

Le Chaldéen, lui, se frottait les mains.

— Plus tôt l'orage éclatera, siffla-t-il, plus vite nous pourrons ficher le camp.

Shagan et Junia détestaient la tournure prise par les événements. Certes, la vie avait endurci leur cœur, mais il leur déplaisait de voir des innocents froidement assassinés.

— Bah ! souffla le cul-de-jatte, il n'est pas dit que la foudre s'abatte à coup sûr sur ces malheureux. Ce ne serait pas la première fois qu'un devin se tromperait.

— Je l'espère, grogna la géante. Ce Bruto me déplaît. J'ai envie de le tuer.

— Moi aussi, avoua Shagan, mais nous ne sommes pas là pour ça. Et puis je n'ai pas envie de servir de repas aux lions du cirque.

Dans le courant de l'après-midi, la menace orageuse se précisa. Les mouches, devenues folles, harcelaient hommes et bêtes. Bruto sortit de la maison, et, à force de hurlements, regroupa la domesticité dans les jardins. Les esclaves se rassemblèrent en tremblant. Shagan en dénombra une centaine[1]. Bruto les fit mettre en ligne.

— Je n'aime pas ça, grogna Junia, j'ai peur de deviner ce qui va se passer.

1. Certains patriciens possédaient jusqu'à cinq cents ou six cents esclaves.

— Oui, marmonna l'infirme. Ce chien va s'offrir la joie d'une bonne petite *decimatio*, histoire de ne pas perdre la main.

Shagan avait vu juste. Le maître de maison se déplaça le long de la ligne formée par les serviteurs en les comptant à voix haute. Chaque fois qu'il prononçait le chiffre dix, il ordonnait au malheureux ou à la malheureuse de sortir du rang. Il rassembla ainsi quatre hommes et deux femmes. Ce tirage au sort effectué, il ordonna aux autres domestiques de courir aux étables pour en rapporter toutes les chaînes qui s'y trouvaient.

Quand ce fut fait, il exigea que les futures victimes se dépouillent de leurs tuniques, puis les fit charger d'entraves métalliques. Le poids des maillons était si élevé que les femmes tombèrent à genoux.

Les prisonniers entreprirent de le supplier, mais Bruto se détourna avec indifférence. Les poings sur les hanches, il scruta le ciel un moment, puis se dirigea vers le Chaldéen.

— Voilà, gronda-t-il, j'ai fait comme tu voulais. J'espère pour toi que le stratagème va fonctionner.

Asklépios blêmit. Les tresses de sa barbe nattée trahissaient ses tremblements. Quand le maître de maison eut tourné les talons, le devin tira de sa besace un flacon en terre cuite, le déboucha et en avala le contenu d'un trait.

— Notre magicien n'a pas l'air trop sûr de lui, commenta Shagan. Si les choses tournent mal, il faudra peut-être envisager une position de repli pour éviter d'avoir à nous défendre les armes à la main. Je ne tiens pas à me mettre sur le dos l'assassinat d'un *pater familias*. Les romains ne plaisantent pas avec le parricide, c'est à leurs yeux le pire crime qui puisse exister.

Les heures s'écoulèrent avec lenteur. Tandis que les esclaves enchaînés gémissaient au milieu du jardin, Bruto reçut son professeur de maintien, un digne vieillard qui, deux fois par semaine, venait lui enseigner la manière d'arranger les plis de sa toge. Ce vêtement de laine (conçu comme un demi-cercle de six mètres de long sur deux de large) était en réalité une véritable calamité. La loi en rendait le port obligatoire lors des apparitions publiques à caractère officiel, mais il était très facile, si on ne savait s'en revêtir, de se ridiculiser. Il était donc capital de réussir à le draper d'une manière avantageuse. Cela n'était pas donné à tout le monde. Il existait différents styles de plissé, chacun donnant une image précise de l'individu qui le portait. Voilà pourquoi Bruto et son valet de pied subissaient chaque semaine l'enseignement du vieil homme avec une étonnante humilité[1].

En fin de journée, le ciel devint uniformément noir, la chaleur étouffante. Bruto réapparut, une coupe de vin à la main. Son épouse et son fils le suivaient, tous deux très pâles. Asklépios, à demi ivre, avait du mal à tenir debout. Brusquement, le tonnerre gronda dans le lointain.

— Nous y voilà enfin ! s'exclama Bruto avec satisfaction.

Les premières gouttes de pluie crépitèrent sur la terre sèche et le marbre des colonnes, puis l'averse

1. À une époque, la toge fut jugée si malcommode que les Romains ne la portèrent plus que… le jour de leurs funérailles !

grossit, et ils furent tous trempés de la tête aux pieds le temps de compter jusqu'à dix. Comme Titus Bruto ne faisait pas mine de s'abriter, personne n'osa bouger. Le Chaldéen, levant les bras au ciel, entama ses psalmodies. Il utilisait des formules en langue ancienne dont la signification s'était perdue au fil des ans, mais dont la musique incantatoire restait puissamment suggestive.

Alors le tonnerre se rapprocha. Les déflagrations, énormes, évoquaient une montagne en train de se fendre par le milieu. La foudre se mit à dessiner des zigzags incandescents dans la nuit du ciel qui parut s'entrebâiller sur les feux de l'enfer.

— *Maintenant !* cria Asklépios, *maintenant !*

Maigre et trempé, sa robe de cérémonie collée au corps, il avait l'air d'un épouvantail battu par la tempête.

Titus Bruto ordonna aux prisonniers de se mettre à courir, mais les malheureux n'en avaient pas la force. Alourdis par les chaînes, ils dérapaient sur le sol glissant et s'affalaient sur les graviers sans pouvoir se relever.

— Il faut qu'ils s'éloignent, glapit Asklépios affolé, ou bien la foudre va s'abattre ici même !

Se saisissant d'un fouet, Bruto entreprit de flageller les esclaves sans obtenir de résultat. L'averse tournait au déluge, aveuglant tout le monde. Fou de rage, l'ancien général hurla :

— Les chiens ! Allez chercher les chiens ! On verra bien si ces bougres se décident à courir lorsque les molosses leur déchiquetteront les mollets !

Les serviteurs se dépêchèrent d'obéir. Des aboiements retentirent. Rendus fous par l'orage, de gros chiens noirs apparurent, le pelage ruisselant, tenus en laisse par les préposés au chenil. Bruto les excita contre les prisonniers. Devant cette nouvelle menace, les malheureux se redressèrent et commencèrent à courir au hasard, en se tordant les chevilles. On n'y voyait presque plus ; le déluge avait installé la nuit en plein jour comme dans les pires prophéties.

Shagan et Junia avaient l'impression d'être perdus en pleine mer, sur le pont d'un navire balayé par les lames en furie. Ils s'étonnaient de n'avoir pas encore succombé à la noyade.

— Des torches ! gronda Bruto. Apportez des flambeaux, on n'y voit goutte !

Hélas, la tempête arracha les photophores des mains des domestiques. Il fallut se résoudre aux ténèbres. Les éclairs se multipliaient, terrifiants. Leur fulgurance aveuglait, leur vacarme rendait sourd.

Les victimes avaient dépassé les limites du jardin, elles couraient vers la campagne. L'une des femmes, à bout de forces, avait renoncé à fuir. Effondrée dans la boue, elle gémissait de terreur, s'attendant à être foudroyée d'une seconde à l'autre.

Shagan et Junia avaient assisté à trop de tueries pour s'en émouvoir, mais l'excitation qu'ils lisaient sur la face de Titus Bruto leur déplaisait.

Brusquement, l'orage cessa, le ciel s'éclaircit. La pluie s'obstina à tomber encore un moment puis s'arrêta, elle aussi. La lumière du jour revint, et chacun put constater qu'il était dans un état pitoyable. Livia et son fils, la tunique collée à la peau, grelottaient, serrés l'un contre l'autre. Les seuls à faire bonne figure étaient Titus Bruto, Shagan et Junia. L'ancien général parut s'en apercevoir, car il coula en direction des deux mercenaires un regard surpris.

Il se reprit et cria :

— En route ! Je veux constater les résultats de mes propres yeux !

Ils durent se résoudre à lui emboîter le pas. La terre détrempée rendait leur progression difficile.

Les esclaves offerts en sacrifice avaient renoncé à courir. Certains, agenouillés, haletaient, cherchant à reprendre leur souffle, d'autres gisaient de tout leur long dans la boue. Bruto allait de l'un à l'autre, impatient de découvrir celui que la foudre avait frappé. Chaque fois qu'il était déçu, il bourrait le malheureux de coups de pied en hurlant des injures.

On localisa cinq esclaves, à demi fous de terreur mais toujours en vie. Le sixième resta introuvable.

— Il a sans doute été réduit en cendres par la puissance de la foudre... hasarda Asklépios. La pluie les aura ensuite dispersées.

Bruto aurait souhaité croire à cette explication, mais il demeurait sceptique. Il était prêt à accepter que l'homme avait été réduit en cendres, mais les chaînes... On aurait dû les retrouver, même à moitié fondues.

— Rien ne peut résister à la foudre dépêchée par Jupiter Tonnant, assura le Chaldéen, pas même le métal... À mon avis, le sacrifice a été un succès. Cela se devine à la façon dont l'orage s'est brusquement arrêté. C'était trop soudain.

Il pérorait dans l'indifférence générale. On pouvait entendre claquer les dents de Livia Andronica. Dans sa tunique trempée, elle semblait nue.

Bruto s'obstina à battre les fourrés encore un moment puis renonça avec mauvaise humeur. Tournant les talons sans prononcer un mot, il regagna la maison.

Shagan ne croyait pas à la réussite du sacrifice, il pensait que l'esclave manquant avait tout simplement déniché une bonne cachette.

« Que les dieux soient avec toi, camarade, lui souhaita-t-il. Essaye de ne pas te faire prendre. »

Le retour se fit dans le silence. Asklépios et les deux mercenaires se glissèrent dans la cuisine pour passer des vêtements secs et se réchauffer.

Une esclave leur prépara une infusion de thym ; le Chaldéen la repoussa en réclamant du vin chaud.

— J'espère que je serai payé demain matin, grommela-t-il. Je lèverai le camp aussitôt. Vous seriez avisés d'en faire autant.

— Pourquoi ? ricana Shagan. As-tu peur que l'esclave « réduit en cendres par la foudre divine » ne soit ramené ici par les gardes ? Voilà qui ferait mauvais effet, pour sûr.

Le devin pâlit, montrant qu'il avait, effectivement, envisagé cette éventualité.

Pour les deux mercenaires, il n'était pas question de prendre la fuite avant d'avoir résolu le problème de la malédiction pesant sur la maison. Ils comptaient d'ailleurs s'y employer dès la nuit tombée. Cette fois, c'était décidé, ils agrandiraient les fissures pour surprendre ce (ou ceux ?) qui s'y cachait.

Une heure plus tard, Titus Bruto, pour fêter le succès de la cérémonie, fit distribuer du vin aux esclaves. Comme il fallait s'y attendre, ceux-ci s'enivrèrent.

5

Vaincus par des libations excessives, Shagan et Junia sombrèrent dans le sommeil. Ils en furent tirés au matin par des hurlements d'épouvante provenant des appartements du maître. C'était une femme qui criait, et l'écho de sa terreur vrilla douloureusement la tête de Shagan, avivant sa migraine.

Par réflexe, il expédia une bourrade dans le flanc de la géante qui ronflait à ses côtés, à même le dallage du péristyle.

— Remue-toi ! grogna-t-il, il y a du vilain.

Sans même ouvrir les yeux, Junia chercha sa dague à tâtons, et, ne la trouvant pas, se dressa sur un coude, l'air hagard.

Les cris redoublèrent. Une jeune esclave échevelée fit irruption dans l'*atrium*, se griffant le visage. Elle semblait près de s'évanouir. Shagan se porta à sa rencontre.

— Calme-toi ! lui ordonna-t-il. Que se passe-t-il ?

Mais la fille, sans le voir, courut vers les jardins comme si elle voulait fuir la maison au plus vite.

Un attroupement s'était déjà formé à l'entrée de la chambre du maître. La géante écarta sans ménagement les serviteurs. Elle se figea sur le seuil, pétrifiée par le tableau qui s'offrait à elle.

L'une des douze statues de bronze reposait en travers du lit, écrasant Titus Bruto de son poids. Les pieds de la sculpture étaient maculés de boue, comme si, une fois descendue de son piédestal, elle avait clopiné jusque-là par ses propres moyens. Sa main levée en un salut olympien semblait avoir frappé Bruto au visage, lui brisant la nuque. La tête du maître de maison, bizarrement inclinée, montrait qu'il avait eu les vertèbres rompues.

Prévenus par les serviteurs, Livia et son fils accoururent. La jeune femme poussa un cri et s'affaissa entre les bras d'Hécatorius, sans connaissance. Alors, les lamentations éclatèrent. Les esclaves poussaient des cris en se frappant la tête, les femmes s'arrachaient les cheveux.

Asklépios parut enfin, le teint gris.

— Le sacrifice a échoué, diagnostiqua-t-il. Les dieux ont animé cette statue pour punir Titus Bruto. C'était à prévoir… Je l'avais annoncé, du reste.

Il grelottait de terreur. Junia fut la seule à avoir le courage de s'approcher du lit. Elle nota la présence de traces boueuses sur le sol, comme si l'homme de bronze avait réellement traversé le jardin pour venir jusque-là.

— La statue portait en elle la colère de Jupiter, hoqueta le Chaldéen. Voyez sa main levée… Elle a giflé Bruto avec une telle force qu'elle lui a rompu le cou.

Cette déclaration provoqua un murmure terrifié dans l'assistance. Shagan fit la moue. Selon lui, Bruto avait été tué pendant son sommeil. Aucune expression de terreur ne déformait ses traits. Il reposait les bras le long du corps, dans l'attitude d'un homme qui dort sur le dos. En s'abattant sur le lit, la statue lui avait manifestement brisé plusieurs côtes. Les montants de la couche étaient d'ailleurs tordus.

— Sortez ! cria le Chaldéen, sortez tous… Je dois procéder aux rites de purification. Ce qui s'est passé ici est très grave. La colère de Jupiter est sur cette maison. Il est à craindre que le dieu ne s'en tienne pas là. Si nous ne réagissons pas très vite, il faudra bientôt déplorer d'autres victimes.

La foule des serviteurs reflua. Hécatorius avait fait emmener sa mère dans sa chambre. Une servante lui bassinait les tempes.

Shagan et Junia gagnèrent le jardin en suivant les traces laissées sur le sol par la statue criminelle. L'un des piédestaux était vide. Au bas du socle, deux trous profonds imprimés dans la boue donnaient à croire que l'homme de bronze avait sauté à terre, les pieds joints.

— Qu'en penses-tu ? grommela le cul-de-jatte. Crois-tu vraiment à cette histoire de sculpture transformée en marionnette par Jupiter Tonnant ?

Junia grimaça. Elle n'avait pas d'idée précise sur la question. Il était difficile d'émettre un avis dès qu'on s'aventurait dans le domaine du religieux.

— On pourrait supposer que quelqu'un essaye de maquiller un crime en punition divine, murmura Shagan. Et de nous faire prendre des vessies pour des lanternes…

— Qui aurait intérêt à cela ? s'enquit la géante. Livia et son fils ?

— Peut-être le fils tout seul, hasarda Shagan. Dans le but de protéger sa mère. Un assassinat provoque une enquête, comme tu le sais ; le magistrat chargé de l'investigation a le pouvoir de faire torturer qui bon lui semble pour obtenir des informations. Et la plupart du temps, il commence effectivement par supplicier les esclaves, en partant du principe qu'ils ont pu voir ou entendre quelque chose. Ici il s'agit d'un parricide, le plus grand des crimes pour les Romains. Si Livia et son fils sont coupables, ils ont effectivement tout intérêt à faire passer cet assassinat pour une exécution divine.

La géante hocha la tête. Après avoir jeté un coup d'œil aux autres statues, elle lâcha :

— Cet homme de bronze pèse aussi lourd qu'un cheval. Ni Livia ni Hécatorius n'auraient eu la force de le descendre de son piédestal pour le transporter jusqu'à la chambre de Bruto.

— C'est vrai, admit l'infirme. Mais les esclaves les ont peut-être aidés ?

— Possible, mais peu vraisemblable. Bruto les terrifiait beaucoup trop. Tu les as observés quand ils se sont regroupés pour la *decimatio* : as-tu vu parmi eux un seul individu capable de s'associer à un tel complot ? Ce sont de pauvres bougres tremblants. Je les vois mal fomenter un parricide, un crime sanctionné par les plus terribles châtiments.

Shagan se rendit aux arguments de Junia. Il n'avait, effectivement, repéré aucun rebelle parmi la domesticité. La plupart des serviteurs semblaient d'ailleurs trop âgés pour se lancer dans une telle aventure.

Maugréant, il examina le sol détrempé sans rien trouver de révélateur, mais cela ne prouvait rien. Les comparses qui avaient descendu la statue de son socle pouvaient fort bien avoir effacé leurs traces à l'aide de spatules et de quelques poignées de graviers, ne laissant subsister que celles soi-disant laissées par l'homme de bronze.

— Il y a autre chose, souffla Junia. Je crois qu'on nous a drogués. Rappelle-toi : la distribution de vin ordonnée par Bruto… C'est à peine si j'ai le souvenir d'avoir vidé deux coupes. Ensuite c'est le trou noir, j'ai dormi comme une vache morte jusqu'à ce que tu me réveilles.

— Exact, admit Shagan. D'ordinaire il me faut plus que deux coupes pour perdre conscience… Tu crois qu'on a voulu nous rendre inoffensifs ?

— Je pense que quelqu'un a voulu endormir toute la maisonnée. Nous, mais aussi les esclaves… et surtout Bruto, qui était soldat et se serait défendu. Je pense que, comme tous les anciens guerriers, il avait le sommeil léger. Il se serait réveillé dès que les assassins auraient fait mine de pénétrer dans sa chambre. Pour le tuer, il fallait qu'il dorme. On lui a brisé la nuque pendant son sommeil. Le reste n'est que mise en scène… Quelqu'un a voulu agir sans témoins, voilà pourquoi le vin a été drogué. Tout le monde en a bu.

— Et selon toi, qui a fait ça ?

La géante haussa les épaules.

— Je n'en sais rien. Hécatorius et sa mère avaient peur de Bruto, c'est évident, mais de là à l'assassiner… Il aurait été plus simple de simuler un accident de chasse. Cet homme avait coutume de traquer le loup en solitaire. Il suffisait de s'embusquer avec un arc, et de le tuer d'une flèche bien ajustée. Bruto mort, l'assassin n'avait qu'à récupérer la flèche. Il abandonnait ensuite le cadavre aux prédateurs. On l'aurait retrouvé quatre jours après, aux trois quarts dévoré. Un crime parfait. Tout le monde aurait dit : « Ça devait se produire, a-t-on idée d'affronter les loups à mains nues ! »

— Livia et Bruto faisaient chambre à part, nota Shagan. Mais ça n'a rien d'inhabituel. Beaucoup de maîtres de maison choisissent cette solution, plus commode lorsqu'on désire attirer une servante dans son lit.

Une chose était sûre, si Livia et son fils étaient coupables, le mobile du crime ne pouvait être l'argent, puisqu'elle était riche. En outre, si on l'accusait d'assassinat, tous ses biens seraient confisqués et elle finirait ses jours en déportation, sur une île battue par les vents où elle mourrait de faim et de soif. Son fils, suspecté de complicité, subirait le même sort. C'était là le traitement réservé aux riches citoyens. Bien sûr, c'était mieux que la crucifixion ou les jeux du cirque, mais Shagan imaginait difficilement une femme comme Livia risquant la vie de son unique enfant pour se débarrasser de son butor de mari.

Ou alors, il y a autre chose, songea-t-il. *Quelque chose que nous ignorons.*

Les mercenaires regagnèrent la maison. Livia avait recouvré ses esprits et le Chaldéen avait improvisé un autel au pied du lit. En toute hâte, il avait allumé un petit brasero pour le saupoudrer de *mola salsa*[1]. Le sel

1. Farine additionnée de sel, ingrédient de base des rituels, fabriqué par les vestales.

crépitait sur les braises. Personne n'avait encore osé empoigner l'énorme statue pour libérer la dépouille du défunt. On craignait qu'elle ne soit gorgée d'énergie destructrice, ou qu'elle s'anime soudain pour étrangler ceux qui tenteraient de l'approcher.

Hécatorius, très pâle, s'évertuait à jouer le rôle de maître du domaine. S'avisant de la présence de Shagan et de Junia, il leur fit signe de l'accompagner dans la pièce où Bruto avait l'habitude de recevoir ses « clients » et de traiter ses affaires.

— Je tenais à vous dire, lança-t-il d'une voix mal assurée, que votre présence ici est plus que jamais nécessaire. Les choses se dégradent plus vite que je ne le craignais. J'ai demandé au Chaldéen de procéder aux sacrifices habituels, mais il est évident que la colère de Jupiter est en marche. Si nous ne parvenons pas à l'apaiser, ma mère et moi-même serons les prochaines victimes des statues de bronze. Le maléfice est puissant. Mon père avait commis une faute qui a ulcéré les dieux. Si nous ne trouvons pas comment y remédier, nous sommes perdus… Je vous demande de rester à la disposition d'Asklépios et de l'assister dans son travail.

Les mercenaires se retirèrent.

— C'est donc décidé, grogna Shagan, le gamin va tout faire pour accréditer la thèse de la justice divine. Officiellement, nous ne sommes pas en présence d'un crime mais d'une manifestation surnaturelle.

— Il est malin, fit Junia. Il sait quels dangers il y aurait à déclencher une enquête. Les esclaves vont l'appuyer, ils n'ont aucune envie de se faire torturer… Si besoin est, ils jureront avoir vu la statue descendre de son socle et clopiner à travers le jardin. Livia Andronica est riche, elle a des appuis, cela peut marcher.

— Titus Bruto ne manquera à personne, compléta l'infirme. Je ne pense pas qu'on s'inquiète à Rome de sa disparition. Si la nouvelle de sa mort ne s'ébruite pas, Livia et le gosse peuvent mener leur affaire à bien au nez et à la barbe de la justice.

Les deux amis échangèrent un regard entendu. Quelle importance de toute manière ? On ne les avait pas engagés pour élucider un crime. Ils n'étaient que des gardes du corps.

Brusquement, la géante parut saisie d'un doute. Elle murmura :

— *Et si c'était vraiment la statue ?* Tu y as pensé ?

— Oui, avoua Shagan mal à l'aise. Comment savoir ?

— Si les vigiles décident d'arrêter Livia, ils nous arrêteront aussi, en même temps que les esclaves, ajouta Junia. Nous serons considérés comme suspects.

— Je sais, nous avons donc intérêt à accréditer nous aussi la thèse de la vengeance divine.

Un peu avant midi, Asklépios – estimant sans doute avoir suffisamment désamorcé la colère de la statue – ordonna aux serviteurs de la soulever et de la traîner dans le jardin. Les esclaves durent se mettre à quatre pour véhiculer la pièce de bronze hors de la chambre mortuaire. Dès qu'ils l'eurent posée sur l'herbe, ils s'en écartèrent avec horreur. Le bonhomme verdâtre, au visage à demi fondu, resta planté à quelques pas de la maison, la main levée en un salut olympien.

Asklépios, Livia et Hécatorius s'isolèrent un long moment pour deviser à voix basse. Le Chaldéen semblait agité et inquiet. La mère et le fils l'écoutaient sans broncher, les traits tirés par la frayeur.

Au milieu de l'après-midi, alors que les serviteurs s'absorbaient dans la toilette du défunt, Hécatorius fit appeler les mercenaires dans la salle de travail de Titus Bruto.

— J'ai pris conseil du Chaldéen, expliqua l'adolescent. Il estime que la situation est très grave. Ma mère et moi-même sommes menacés. Il est fort possible que, au prochain orage, une autre statue tente de s'introduire dans la maison pour nous assassiner. Selon Asklépios, notre domaine n'est plus protégé. La puissance des *lares* s'est affaiblie, sans doute parce que mon père a commis un acte qui leur a déplu… Cette demeure est sans protection. Les *pénates*[1] ne peuvent guère nous aider dans la situation présente. Il est donc urgent de mettre en place une défense plus efficace…

— Nous ne pouvons pas grand-chose contre la colère des dieux, commença Shagan.

— Je ne faisais pas allusion à toi ou à ta compagne, coupa Hécatorius. Vous avez beau être des tueurs redoutables, la colère de Jupiter vous réduirait en cendres à l'instant même où vous tenteriez de lui faire obstacle. Non, Asklépios nous a suggéré un autre moyen…

— Lequel ?

1. Si les dieux lares protègent les habitants de la maison, les dieux pénates, eux, s'occupent uniquement des réserves alimentaires : vin, céréales, victuailles, etc.

Le Chaldéen, qui était entré sans qu'on le remarque, prit la parole.

— À mon avis, commença-t-il d'une voix à présent plus affermie, il faut acheter la protection d'un autre dieu.

— En lui faisant des offrandes ? demanda Junia.

— Non, répliqua le devin, en l'amenant ici.

— Quoi ? hoqueta le cul-de-jatte, tu veux inviter un dieu dans cette maison ? L'amener ici *physiquement* ?

— Bien sûr. Je ne dis pas que c'est facile. Je dis que c'est possible. Souviens-toi de la guerre de Troie. Tu sais aussi bien que moi que les dieux de l'Olympe se sont plus d'une fois mêlés aux combats pour aider leurs champions. Ils s'incarnaient sous les traits de simples mortels et combattaient les armes à la main sans que personne ne soupçonne leur identité réelle.

— C'est vrai ! approuva Hécatorius avec chaleur.

— Pourquoi crois-tu qu'en Grèce l'hospitalité est à ce point sacrée ? reprit Asklépios. Pourquoi penses-tu que le plus humble des paysans se fait une obligation d'accueillir les étrangers avec tout le faste dont il est capable ? S'il agit ainsi, c'est parce qu'on sait, là-bas, que l'inconnu qui frappe à votre porte est peut-être un dieu déguisé en humain. Un dieu qui se vengerait cruellement s'il était mal reçu.

— D'accord, soupira Shagan, mais où veux-tu en venir ?

— Je sais où l'on peut trouver des dieux neufs, pleins d'énergie, débordants de pouvoir, martela le devin les yeux soudain brillants d'excitation. Les dieux romains sont usés, nous le savons tous. Beaucoup de gens ont déjà cessé de croire en eux pour se tourner vers des cultes nouveaux, venus d'Asie. Si ces croyances étrangères sont en train de s'enraciner à Rome, c'est parce que leurs fidèles se rendent compte qu'ils sont plus facilement exaucés par Isis ou Mithra que par Jupiter ou Mars.

Junia hocha la tête. Ce n'était pas faux. Depuis plusieurs années déjà le panthéon romain – largement inspiré de la mythologie grecque – avait cessé de fasciner les foules. Rites, offrandes et sacrifices avaient pris un aspect routinier dont on n'osait encore s'affranchir, mais auquel on ne croyait plus guère. Il en allait différemment en ce qui concernait les divinités importées d'Égypte ou d'Orient. Des dieux étranges, aux noms souvent imprononçables, mais aux pouvoirs intacts et mystérieux. De nouveaux temples sortaient de terre, on leur rendait hommage dans des cryptes lors de cérémonies bien différentes de celles auxquelles on était habitué. Leurs visages n'étaient pas sculptés dans le marbre, et ils n'avaient souvent rien d'humain. Certains avaient même une apparence monstrueuse ; ils n'en étaient que plus puissants. Shagan avait entendu parler d'un quelconque Baphomet, une idole hideuse... et aussi de Pazuzu, un démon ailé jadis adoré à Babylone. Tout cela était assez troublant.

Hécatorius leva la main pour réclamer l'attention de l'assemblée.

— Asklépios pense que nous pourrions faire venir l'une de ces divinités ici, haleta-t-il avec un enthousiasme enfantin. Elle réduirait la malignité des statues à néant pourvu que par la suite nous lui consacrions un culte... Je suis prêt à tenter l'aventure si cela peut sauver ma mère.

Shagan savait les Romains larges d'esprit dans le domaine du religieux. Tous les cultes étaient tolérés à condition qu'ils n'entraînent pas de désordre civil et qu'ils ne conspirent pas contre l'État. Ces restrictions observées, on pouvait en toute quiétude honorer dans son temple privé un dieu dont personne n'avait jamais entendu parler, et qu'on avait ramené dans ses bagages d'un voyage en Orient. Ce n'était pas interdit, et plus d'un riche patricien se vantait de s'être placé sous la protection d'un fétiche dont il était tout à la fois l'unique fidèle et le seul bénéficiaire.

— D'accord, capitula Shagan. Admettons. Je veux seulement savoir comment tu vois les choses, concrètement…

— Il s'agirait, chuchota Asklépios, de s'emparer d'une idole, très puissante, et de la ramener ici.

— Quand tu dis « s'emparer », ricana Junia, je suppose que cela signifie que nous devrons la voler ?

Le Chaldéen baissa les yeux.

— Oui, en effet, lâcha-t-il. Il s'agit d'une idole en argile, très fragile, qui peut se briser au moindre choc, mais elle recèle un pouvoir fabuleux.

— Son nom ? grogna Shagan.

— Azzazêt. C'est un dieu qui vient de Mésopotamie. Petit mais puissant, habitué à combattre les démons. Une sorte de guerrier de l'au-delà. Exactement ce dont nous avons besoin. Dès que son effigie sera installée ici, et vénérée comme il convient, tout danger sera écarté. Le vieux Jupiter pourra remiser ses foudres, il aura en face de lui un adversaire capable de le tenir en respect.

— Encore une fois, insista Junia, je suppose qu'il ne sera pas facile de s'en emparer ?

— Effectivement, admit Asklépios. Azzazêt fait l'objet d'un culte jaloux. Des prêtres orientaux veillent sur lui. Il faudra s'introduire dans le temple, déjouer les pièges tendus autour de l'idole. Cela coûtera cher, car il faudra acheter des complicités, sans lesquelles nous ne réussirions jamais à franchir le seuil du sanctuaire. Ensuite…

— Ensuite ?

— Ensuite il faudra s'évanouir dans la nature sans laisser de traces, car les prêtres du culte d'Azzazêt nous prendront en chasse. S'ils nous rattrapent, ils nous mettront en pièces.

— Tu es sûr de ton coup ? grommela Shagan.

— Oui, siffla Asklépios, je suis entré dans ce temple, j'ai vu l'idole, j'ai eu la preuve de sa puissance. Si le nom d'Azzazêt n'évoque rien pour vous, c'est simplement parce que ses fidèles font tout pour garder son existence secrète. Ils forment une secte fermée, qui, à la différence des chrétiens, ne pratique pas le prosélytisme.

— Si vous acceptez de nous aider, intervint Hécatorius, vous serez largement rétribués. Mais nous reparlerons de tout cela plus tard. À présent, il est temps d'organiser les funérailles de mon père.

6

— Bah ! fit Junia lorsqu'ils se retrouvèrent seuls. Après tout, il ne s'agit que de voler une poupée de terre cuite dans un temple. Nous avons fait cela plus d'une fois.

— C'est vrai, admit Shagan. Et si, au bout du compte, ils s'aperçoivent que leur fichu dieu possède autant de pouvoir qu'une amphore de vinaigre, nous n'en serons pas responsables !

Le plus important, songeait l'infirme, *c'est de reprendre le contrôle de notre vie. De recommencer à faire ce pour quoi nous sommes doués. Cette année de richesse nous a amollis, nous étions près de sombrer. Il est temps de se ressaisir.*

Dès le lendemain, tous les hommes de la maison cessèrent de se raser car, selon la coutume romaine, il leur fallait porter la barbe en signe de deuil. Les mercenaires se tinrent à l'écart des multiples cérémonies de purification. Afin de ne pas ébruiter la nouvelle du décès de Titus Bruto, Livia avait décidé que le Chaldéen se chargerait de la partie rituelle, même s'il s'agissait là d'une entorse à la tradition. Elle apparut, très belle dans ses voiles de deuil. Digne, le visage à peine marqué par les pleurs. Hécatorius, les joues hérissées d'une barbe hésitante et blonde, essayait de faire preuve d'autorité en multipliant les réprimandes.

Ce fut lui qui, pour suivre le rite, reçut des mains d'Asklépios le couteau avec lequel il trancha l'un des doigts du cadavre. Ce doigt fut inhumé en grande pompe. C'était l'ultime concession qu'on accordait aux temps anciens, lorsque les humains avaient encore coutume d'enterrer leurs morts.

Drapé dans sa plus belle toge, Titus Bruto fut ensuite porté à travers champs jusqu'au bûcher funéraire, que le Chaldéen aspergea de *mola salsa*, l'aliment des dieux. Très pâle, Hécatorius saisit alors une torche et enflamma la pile de bois.

On s'écarta pour échapper à la fumée rabattue par le vent. Tous les esclaves étaient présents. S'ils se réjouissaient intérieurement de la disparition de leur maître, ils n'en laissaient rien paraître. En outre, beaucoup redoutaient ce qui allait se passer ensuite, puisque, selon les révélations du Chaldéen, la colère de Jupiter Tonnant ne s'était nullement éteinte avec la mort de Titus Bruto.

Le bûcher brûla longtemps. Sa fumée, dont le panache montait droit vers le ciel, devait se voir de Rome. Quand il s'éteignit enfin, il fallut attendre que les cendres refroidissent. Personne ne parlait. Livia Andronica, ses voiles plaqués sur le corps, était particulièrement séduisante. On n'avait pas convoqué de pleureuses professionnelles, et ces funérailles silencieuses, privées de l'habituel concert de lamentations, avaient quelque chose d'inquiétant.

Une assemblée de fantômes… songea Junia avec un frisson.

Par chance, une averse éclata, qui refroidit les cendres du bûcher et abrégea l'attente. Quand les vapeurs se furent dissipées, Livia et son fils s'avancèrent vers la montagne de débris. Selon la tradition, ils devaient à présent émietter le corps calciné pour en récupérer les os qui seraient placés dans des amphores et enterrés sous les dalles de l'*atrium*. La veille de la cérémonie, un artiste était venu prendre un moulage du visage de Titus Bruto pour en faire un masque qu'on pendrait au mur, à la suite des autres. Le mort pourrait ainsi surveiller les agissements des vivants, et décider ou non de les aider dans leurs projets.

Les Romains et leur conception très utilitaire de la religion avaient toujours amusé Shagan. Chez eux, les défunts faisaient fonction d'avocats : si on les honorait convenablement, ils acceptaient de plaider la cause de leurs descendants auprès des instances divines. Rien ne pouvait se faire sans eux. Ils formaient une armée invisible complotant dans les limbes, tirant les ficelles, infléchissant le cours des choses. Capricieux comme des enfants, ils pouvaient mordre la main qui les nourrissait ou se montrer affreusement susceptibles. Voilà pourquoi il importait de ne pas se montrer avare en offrandes et en sacrifices.

Livia et son fils pataugeaient dans la boue noire du bûcher effondré. Agenouillés au milieu des débris, ils s'acharnaient sur la dépouille carbonisée, réduite de moitié, de ce qui avait été Titus Bruto. À mains nues, il leur fallait arracher morceau par morceau la carapace de chair charbonneuse enveloppant les os. Souillés, noircis, ils avaient l'air de deux créatures démoniaques saccageant une sépulture.

Une fois les ossements déposés au fond des amphores, la mère et le fils arrachèrent leurs vêtements. Deux esclaves s'avancèrent pour les asperger d'eau lustrale. Asklépios les soumit à un rite de purification, après quoi il leur fut permis d'enfiler des vêtements propres.

On tourna le dos au bûcher pour s'en retourner à la maison. Les serviteurs chargés des amphores funéraires fermaient la marche.

Le vent disperserait les cendres, éparpillant peu à peu les restes de Titus Bruto à travers les cultures. Sa chair s'émietterait, fertilisant la terre. Le grand cycle serait accompli.

Les serviteurs avaient dressé dans le *triclinium* les lits du banquet funèbre. Junia, Shagan et Asklépios prirent place en face de la couche de Livia et de son fils. Personne n'osait parler le premier. Les esclaves allaient et venaient en silence, déposant sur la table basse des mets compliqués. Dans un coin de la pièce, on avait commencé à diluer le vin pur, épais, avec de l'eau chaude ou froide. Shagan reconnut, à l'odeur, un très bon cru de Massique. Parmi les plats figuraient une salade de queues de souris et des vulves de truie au miel. Junia sentit l'eau lui venir à la bouche.

Sitôt les libations d'usage accomplies, Asklépios prit la parole d'un ton sourd et pressant.

— Vous devez comprendre que la mort de l'honorable Titus Bruto n'a rien réglé, dit-il en dévisageant Livia Andronica. La menace rôde. La faute de votre époux vous échoit en héritage, vous en êtes désormais dépositaire. Si vous ne prenez pas les dispositions nécessaires, vous subirez un sort identique, puis ce sera le tour de votre fils... Jupiter ne s'arrêtera pas avant d'avoir exterminé la descendance de celui qui l'a offensé. Pardonnez-moi d'insister mais le temps presse. Il faut s'armer contre la colère divine, lui opposer un champion.

— Et ce champion, selon toi, fit Livia avec une réticence perceptible, ce serait cet... *Azzazêt ?*

— Oui, je le répète. Un dieu mésopotamien encore peu connu mais puissant, redoutable... Il brandira son bouclier au-dessus de vos têtes et la foudre envoyée par Jupiter ne pourra plus vous atteindre.

Livia semblait mal à l'aise. Avec une grimace de dégoût à peine dissimulée, elle demanda :

— Et cet Azzazêt, quelle apparence a-t-il ? Certains de ces dieux orientaux sont si laids... Je ne voudrais pas avoir à me prosterner devant une idole au faciès monstrueux.

— Mère ! intervint Hécatorius, choqué.

Mais Asklépios ne se laissa pas démonter.

— Azzazêt se présente sous la forme d'une idole de terre cuite, creuse, fragile, expliqua-t-il d'un ton docte. Il conviendra donc de prendre des précautions pour la convoyer jusqu'ici. Cette idole, de la taille d'un homme, a l'apparence d'un jeune homme nu d'une grande beauté, souriant, mais qui conserve les yeux fermés. Il n'est affligé d'aucune trace d'hybridation. Disons qu'on pourrait le comparer à Apollon... un Apollon oriental.

Livia parut rassurée.

— Ne risquons-nous pas de devenir esclaves de cette idole ? demanda-t-elle encore.

— Esclaves ? s'étonna le Chaldéen.

— Oui, fit Livia avec une pointe d'irritation. Je veux dire : trop d'obligations, trop de rites, des sacrifices incessants... Je ne veux pas être amenée à égorger des nouveau-nés... Si ma survie est à ce prix, je préfère renoncer. On raconte que ces dieux barbares sont gourmands de sang humain.

Asklépios se raidit comme si on venait de l'insulter.

— Azzazêt n'exige aucun sacrifice humain, fit-il d'un ton pincé. Il se nourrit uniquement de miel et d'or.

— D'or ? hoqueta Livia.

— Oui, des paillettes d'or pur qu'on mêle au miel, et qu'on fait couler à l'intérieur de la statue par l'orifice qui sert de bouche au visage d'argile. Plus le miel est pur et l'or est abondant, plus Azzazêt est disposé à aider ceux qui le vénèrent.

Tiens, tiens... songea Shagan. *Voilà qui devient intéressant. Je me demandais quand allait intervenir la question de l'argent. Voilà qui est fait.*

— Bien sûr, soupira le Chaldéen, si vous n'êtes pas assez riches, vous pourrez vous contenter de lui offrir des paillettes d'argent, mais le résultat sera moindre.

— Nous avons les moyens de nourrir le dieu avec de l'or ! siffla Hécatorius, vexé.

Livia leva la main, réclamant le silence.

— Je vais réfléchir, annonça-t-elle en guise de conclusion. Je vous communiquerai ma décision dans les jours qui viennent. Je veux être certaine que Jupiter est toujours fâché contre nous. Il est possible après tout que la mort de mon pauvre Titus l'ait apaisé.

Le devin s'inclina, les mâchoires crispées.

Le banquet se poursuivit sans qu'on fasse de nouveau allusion au dieu d'argile. Personne ne fit le panégyrique de Titus Bruto, pas même Livia.

On se sépara tôt. Alors que le Chaldéen et les mercenaires reprenaient le chemin des cuisines, Hécatorius les rattrapa.

— Tu peux tenir pour acquis que nous achèterons cette idole, souffla-t-il précipitamment en se cramponnant au bras d'Asklépios. Je vais travailler à convaincre ma mère. Organise d'ores et déjà le voyage. Nous partirons tous ensemble. Je ne veux pas rester ici, à la merci des hommes de bronze. (Puis, se tournant vers Shagan et Junia, il ajouta :) Je vous prie de monter la garde cette nuit encore. Si vous voyez les statues bouger, donnez l'alerte, que nous puissions prendre la fuite.

Ces recommandations données, il tourna les talons et courut rejoindre sa mère.

— Un brave garçon, commenta le devin. Toutefois, si vous voyez les statues s'approcher de la maison, gardez-vous bien de les affronter l'arme à la main, ce serait un suicide et vous ne feriez qu'envenimer les choses.

Les mercenaires lui souhaitèrent bonne nuit et se séparèrent pour prendre chacun position en un point différent de la maison. La nuit s'installait. Une nuit sans lune qui transformait la campagne en abîme de ténèbres.

Shagan jura. *Un éléphant pourrait entrer dans le jardin sans qu'on l'aperçoive !* se dit-il avec mauvaise humeur.

La nuit s'écoula sans aucun incident, pourtant, au matin, on découvrit des marques de pas profondément imprimées dans le sol humide. Elles allaient du socle de l'une des statues à la chambre de Livia. Aller et retour. Quand on examina les pieds de la sculpture, on vit qu'ils étaient crottés, comme si elle était effectivement descendue de son piédestal pour venir rôder dans l'*atrium*.

Asklépios s'empressa d'aller annoncer la nouvelle à la maîtresse de maison qui devint livide.

— Tu crois que c'est l'œuvre d'Hécatorius ? chuchota Junia en se tournant vers Shagan.

— Possible, grommela le cul-de-jatte. C'est peut-être le seul moyen qu'il a su imaginer pour convaincre sa mère d'acquérir cette fichue idole.

— En tout cas il est habile, le bougre. Il s'est promené sous notre nez sans jamais se faire repérer, et pourtant je n'ai jamais cessé de scruter la nuit.

— Reste à savoir s'il a agi pour sauver Livia… ou pour une autre raison moins avouable, conclut l'infirme.

Une heure plus tard, Livia Andronica ordonnait à ses domestiques de préparer les bagages. On se rendrait à Rome où l'on passerait chez le banquier retirer les capitaux nécessaires à la transaction, puis l'on ferait l'acquisition d'une voiture et de chevaux afin de voyager dans de bonnes conditions.

Shagan tira Asklépios par le bas de sa robe.

— Il serait peut-être temps que tu nous dises où nous allons…, grogna-t-il.

— En enfer ! lui rétorqua le devin. Mais tu t'en rendras compte bien assez tôt.

7

Ils arrivèrent en une étrange contrée, où les fleurs poussaient en abondance. Leur parfum sucré était si entêtant qu'il provoquait des migraines tenaces. Livia, qui avait commencé par s'extasier sur la joliesse du paysage, finit par se rencogner au creux de sa litière, en grimaçant. Hécatorius dut s'allonger à ses côtés pour lui bassiner les tempes.

— Ça sent tellement bon que ça finit par puer, grommela Shagan. Je ne sais comment l'expliquer mais c'est l'effet que ça me fait.

Junia partageait cette impression. Il y avait quelque chose de nocif dans cet air surchargé de fragrances épaisses. La campagne n'était qu'une explosion de couleurs. On ne pouvait faire un pas sans rencontrer un buisson de roses sauvages, aux pétales énormes, béants. Les abeilles allaient et venaient en un ballet incessant. Leur bourdonnement usait les nerfs. Elles étaient si nombreuses qu'on ne cessait de se heurter à ces minuscules projectiles qui ricochaient sur le front et les joues des marcheurs.

— *Surtout ne les écrasez pas!* haleta Asklépios, vous signeriez notre arrêt de mort. Elles sont d'une race extrêmement vindicative. Si vous en tuez une, ne serait-ce que par mégarde, toutes les autres fondront sur vous... L'essaim vous recouvrira, criblant votre chair de milliers de piqûres. Le venin de leur aiguillon est redoutable. Il provoque des enflures de la taille d'un melon...

— Par les dieux ! gronda Shagan, d'où sortent ces monstres ?

— Ce sont des abeilles orientales, expliqua le Chaldéen à voix basse. Amenées par les prêtres d'Azzazêt qui les ont acclimatées à nos régions. Elles ont peu de chose en commun avec les insectes que vous connaissez. Elles nous écoutent. Elles nous espionnent.

— Allons, tu délires ! grommela le cul-de-jatte, fatigué des extravagances du devin.

— Non, siffla Asklépios avec colère. Je n'invente rien. Si tu ne m'écoutes pas, tu nous mettras tous en danger de mort. Tu n'es pas assez stupide pour ignorer qu'en Grèce les abeilles de l'Hymette butinaient sur les versants de l'Olympe, et qu'elles fabriquaient le miel dont les dieux se nourrissaient... Tu sais au moins cela, n'est-ce pas ?

— J'en ai entendu parler, marmonna l'infirme à contrecœur.

— C'est la même chose ici, martela le devin. Ces abeilles butinent pour fabriquer le miel dont on nourrira Azzazêt. Quand nous arriverons aux abords du temple, elles deviendront si nombreuses qu'elles obscurciront la lumière du soleil. Tu feras moins le fier alors, car ce sera un spectacle aussi merveilleux que terrifiant.

Shagan échangea un regard avec Junia. La géante lui fit signe de ne pas chercher querelle au Chaldéen qui semblait la proie d'une brusque fièvre religieuse.

— Ce miel est sacré, continua Asklépios. Il a la propriété de prolonger la jeunesse au-delà des limites communément admises. Il redonne vie aux mourants… mais surtout, il constitue, une fois mêlé aux paillettes d'or pur, l'unique aliment du dieu, qui dépérirait sans cette nourriture.

Livia Andronica qui, jusque-là, avait suivi la conversation d'une oreille distraite, s'anima soudain.

— Je ne comprends pas, balbutia-t-elle. Si Azzazêt ne peut se passer de cette nourriture, comment survivra-t-il lorsque nous l'aurons ramené chez nous ? Les abeilles de nos campagnes sont des plus communes…

Asklépios agita la main en un signe rassurant.

— Ne t'inquiète pas, fit-il avec la condescendance de l'initié. Les abeilles suivront l'idole. Cela se fera tout naturellement, sans que nous ayons à nous en mêler. Ce sont les servantes du dieu. Elles iront là où il ira. Il conviendra seulement de prendre soin d'elles afin qu'elles ne meurent pas quand viendra l'hiver. Tu n'auras qu'à ordonner à tes serviteurs de leur tresser des ruches d'osier. Des ruches que tu installeras au chaud, dans ta villa, au-dessus de l'hypocauste[1]. De cette manière, elles sommeilleront en toute sécurité durant la mauvaise saison. Le miel que tu auras mis de côté suffira à nourrir le dieu jusqu'au printemps.

Livia hocha la tête, rassurée.

— Tu veux dire que, si Azzazêt était privé de miel pour une raison quelconque, il mourrait ? ne put s'empêcher de lancer Shagan. Les dieux sont donc mortels ? J'ai toujours cru le contraire !

1. Chauffage central rudimentaire circulant sous le dallage.

— Parce que tu es un sot ! ricana Asklépios. Les dieux ont d'immenses pouvoirs mais ils sont vulnérables. Ils peuvent effectivement survivre pendant des millénaires, mais à certaines conditions… Si ces conditions ne sont pas remplies, ils dépérissent. Leurs pouvoirs les abandonnent. Regarde ce qui s'est passé à Rome : les divinités grecques qu'on y a transplantées, acclimatées comme ces bêtes qu'on capture dans les contrées lointaines, se sont peu à peu affaiblies. Qui croit encore, de nos jours, à leur puissance ? Si Zeus, Arès, Poséidon sont aujourd'hui des vieillards anémiés, au sang plus clair que l'eau des fontaines publiques, c'est parce qu'on a changé leurs noms en Jupiter, Mars, Neptune… On ne s'est pas occupé d'eux comme il aurait fallu.

— D'accord, coupa Shagan, sentant le devin embarqué dans un discours qui menaçait d'être interminable, mais Azzazêt ?

— Azzazêt est comme les autres. Un dieu transplanté. Un immigré, fragile. Si on respecte les rituels, si on lui donne du miel et de l'or, il conservera sa puissance pendant longtemps.

Le miel… et l'or ! songea l'infirme en étouffant un ricanement. L'or, surtout. *L'or !*

Il ignorait encore quelle forme prendrait la supercherie ourdie par Asklépios, mais il avait d'ores et déjà la conviction que Livia Andronica en ferait les frais. Cela l'ennuyait car la belle veuve l'émouvait. Il ne pouvait s'empêcher de la lorgner à la dérobée, tout en sachant qu'un homme dans sa position ne pouvait rien espérer d'une telle femme.

Il la devinait meurtrie, effrayée, dépassée par les événements. Son fils la dorlotait, ne laissant jamais passer une occasion de la serrer de très près. Shagan avait souvent constaté que les femmes malheureuses en ménage avaient tendance à reporter leur affection sur leur fils, à qui elles faisaient jouer le rôle de petit mari. Il jugeait cette habitude malsaine. Il aurait souhaité que Livia trouvât le courage de remettre Hécatorius à sa place.

Junia, elle, sentait croître son appréhension. Elle détestait cette campagne trop fleurie, ces insectes omniprésents qui ne cessaient de virevolter autour d'elle, se cognant à son visage, à son corps, comme autant de minuscules projectiles velus.

Ils nous espionnent, se répétait-elle. *Ils écoutent ce que nous disons pour le répéter aux prêtres. Quand nous arriverons au pied du temple, les serviteurs d'Azzazêt seront déjà au courant de nos intentions. Les abeilles leur auront tout dit, ils auront eu le temps de nous tendre un piège dont nous ne sortirons pas vivants.*

Sentant qu'elle glissait sur la pente du délire, elle faisait des efforts pour se ressaisir, mais l'angoisse ne tardait pas à revenir, insidieuse, avec son cortège de fantasmagories.

Les couleurs des fleurs, trop violentes, lui faisaient mal aux yeux, allumaient un mal de tête tenace entre ses sourcils.

L'une de ces fichues abeilles est peut-être entrée dans mon crâne par le canal d'une oreille, se disait-elle. *À présent elle bourdonne sous mes cheveux; c'est pour cela que j'ai si mal à la tête.*

Oui, l'insecte allait bourdonner de plus belle, pour la rendre folle. Quand elle ne le supporterait plus, elle se jetterait la tête la première sur un rocher pointu, pour se fendre la boîte crânienne. La tête ouverte, elle plongerait les doigts dans la plaie afin d'en extirper l'insecte... Oui, c'est ainsi que les choses allaient finir.

À d'autres moments, elle avait conscience de sombrer dans la démence et s'en effrayait. S'agissait-il d'une ruse des prêtres ? Jouissaient-ils du pouvoir de rendre fous ceux qui s'approchaient du temple avec de mauvaises intentions ?

C'était fort possible.

Ils s'arrêtèrent pour la nuit. Avec le coucher du soleil le parfum des fleurs perdit en virulence sans pour autant disparaître. Au grand soulagement des voyageurs, les abeilles regagnèrent leurs ruches, et l'on put enfin respirer par la bouche sans craindre d'avaler l'une d'elles.

— Elles sont parties, soupira Asklépios. Il est désormais possible de parler librement. Ce n'est pas le cas lorsqu'elles volent autour de nous. Elles enregistrent chacun de nos mots pour les rapporter aux prêtres d'Azzazêt.

Il extirpa de sa besace un plan dessiné sur une feuille de papyrus et l'étala dans la poussière du sol. C'était celui du temple dans lequel Shagan et Junia allaient devoir s'introduire. À l'aide d'une badine, il montra aux deux mercenaires le chemin à emprunter.

— Parle-nous plutôt du système de défense, lança Shagan. Les pièges... Quels sont-ils ? Où les a-t-on cachés ? Y aura-t-il des sentinelles ?

— Il n'y a pas de pièges au sens où tu l'entends, chuchota le Chaldéen. Pas de trappe, pas de herse... Non, les seules vraies sentinelles, ce sont les abeilles. Les abeilles tueuses... Quand vous serez au pied de l'autel, vous verrez, de part et d'autre de l'idole, deux hautes colonnes de porphyre rouge. Ces colonnes sont creuses…

— Creuses ?

— Oui, en fait elles servent de ruches. Chacune d'elles est en réalité une ruche géante abritant des milliers d'abeilles. Comme elles sont creuses, le moindre bruit s'y répercute et y est amplifié. Ces vibrations réveillent les insectes, qui, aussitôt, sortent de leur cachette pour voir si la ruche est menacée. Si c'est le cas, l'essaim passe à l'attaque et s'abat sur l'intrus pour le piquer à mort.

— La moindre vibration, hein ? fit Shagan d'une voix altérée.

— Oui, insista Asklépios. Or la statue d'argile est creuse. Il est difficile de la déplacer sans produire des crissements, des raclements. Ces sons se répercuteront dans les colonnes… C'est sur ce point que je voulais attirer votre attention. Il vous faudra agir dans un complet silence. Soulever l'idole et vous enfuir sans rien heurter, sans rien renverser. Il y va de votre survie. Me suis-je bien fait comprendre ?

Junia intervint pour réclamer des précisions sur l'idole. Combien mesurait-elle ? Combien pesait-elle ?

Encore une fois, Asklépios tira de sa besace une peinture sur papyrus. Le dessin représentait un jeune homme nu, très beau, barbouillé de tatouages étranges. Les yeux fermés, il se tenait les bras croisés.

— Il s'agit d'une statue d'argile cuite il y a mille ans, expliqua le devin. On l'a déménagée tant et tant de fois qu'elle présente çà et là des fêlures. Au moindre choc elle peut voler en éclats. Il vous faudra l'envelopper dans un linge et la manipuler avec douceur.

Livia s'était penchée sur l'image qu'elle caressait timidement du bout des doigts.

— Il n'est pas laid, murmura-t-elle avec un soulagement évident. J'avais si peur qu'il soit monstrueux. On dirait un éphèbe endormi. Tu dis que ses pouvoirs sont immenses ?

— Oui, assura le Chaldéen, il peut accomplir des miracles. Si vous le ramenez chez vous, les forces néfastes qui infestent votre demeure prendront aussitôt la fuite. La foudre cessera de tomber, les statues de bronze redeviendront de simples statues. Personne ne sera plus en mesure de vous menacer.

— Puisses-tu dire vrai ! haleta Livia en posant la main sur sa gorge nue.

Asklépios ayant remisé ses parchemins, on mangea en silence dans l'odeur des fleurs.

Quand vint l'heure de dormir, Shagan prit le premier tour de garde. Les propos du devin l'avaient alarmé. Pour la première fois depuis longtemps, il n'était pas au mieux de sa forme. Vieillissait-il ? Cette histoire d'abeilles l'inquiétait. Il se sentait de taille à combattre des humains, mais il était moins sûr de lui en ce qui concernait les insectes... *Des milliers d'insectes...* Comment pouvait-on espérer en venir à bout ?

Seul au milieu des ténèbres, dans le parfum lourd des fleurs qui l'entouraient, il entreprit de réfléchir à la manière dont ils devraient s'y prendre.

À peine le jour était-il levé que les abeilles revinrent à l'assaut, butinant les massifs avec une ardeur effrayante. Afin d'éviter toute piqûre, les mercenaires enfilèrent des tuniques de grosse toile et des cagoules.

La chaleur rendait cette précaution pénible, mais ils n'avaient pas le choix. Livia et Hécatorius se terrèrent au fond du chariot dont ils fermèrent les courtines.

Au cours de la matinée, ils arrivèrent en vue d'un hameau. Rien d'important : six cahutes de pierrailles au sommet d'une colline. Des brebis bêlaient sur un ton plaintif. Junia songea qu'il serait judicieux d'y faire halte pour renouveler les provisions. Acheter du fromage, du lait, du vin, peut-être... Elle mourait de faim. Elle se prit à rêver d'agneau rôti. La voix de Shagan la tira de ses songes gourmands.

— C'est désert..., souffla l'infirme. Pas une femme, pas un gosse, rien. Ce n'est pas normal.

Obéissant à un réflexe de soldats, tous deux tirèrent leur dague et firent signe aux serviteurs de retenir les bêtes attelées au chariot. Après quoi, ils progressèrent entre les cabanes. La puanteur de la viande morte leur sauta au visage. Prudemment, la géante s'avança sur le seuil de la première cahute. Deux corps gisaient sur le sol, si déformés par l'enflure qu'il était difficile de deviner leur sexe. Les bouches dilatées laissaient échapper des langues énormes, noires.

— Une épidémie ? hasarda Shagan.

— Non, souffla Junia. *Les abeilles.* Regarde. Ils ont été piqués sur tout le corps.

Alors seulement le cul-de-jatte remarqua que le sol était tapissé d'une fourrure jaune et noire. Comme il tendait la main pour l'effleurer, il réalisa qu'il s'agissait en fait d'un tapis d'abeilles. Des centaines d'insectes morts.

— Une fois leur aiguillon planté elles ont crevé, soliloqua Junia. Par les dieux ! Je n'en ai jamais vu autant.

— Des voleurs de miel, fit la voix d'Asklépios dans leur dos. Cela se produit souvent. Les paysans ne peuvent s'empêcher d'aller piller les ruches installées dans la campagne. Ils espèrent ainsi recouvrer la jeunesse, ou guérir d'une maladie mortelle... Mais les abeilles ne l'entendent pas ainsi. Elles lancent aussitôt une expédition punitive contre les voleurs, et voilà ce qui en résulte.

N'osant s'avancer, Junia avisa, sur la table bancale, un pot renversé d'où coulait une substance épaisse et dorée.

— Le miel magique... haleta le Chaldéen. La nourriture des dieux. Aucun humain ne doit y goûter sous peine de déchaîner la colère des insectes.

Les mercenaires visitèrent rapidement les autres cabanes. Ils trouvèrent partout le même spectacle. Hommes, femmes, enfants... tous avaient subi un châtiment identique. Seules les chèvres avaient été épargnées.

— Vous pouvez voir que je ne mentais pas, triompha Asklépios. Voilà ce qui nous attend si vous vous montrez imprudents.

Junia décida de faire main basse sur les denrées comestibles. Livia émit l'idée qu'il aurait été plus convenable d'entasser ces pauvres gens sur un bûcher funéraire, mais Asklépios fit valoir qu'il était préférable de s'en abstenir, le nuage de fumée risquant d'éveiller l'attention des prêtres d'Azzazêt.

— Bon, soupira Shagan à l'intention de la géante. Au moins nous savons que le danger est bien réel.

— Comment l'affronter ? grogna la femme-jument. Aucune tunique, aucune armure ne nous protégera des piqûres. Ces insectes sont si petits qu'ils peuvent s'insinuer par le moindre orifice. Pour leur échapper, il faudrait être enveloppés de cuir de la tête aux pieds...

— C'est impossible, cracha l'infirme. Cet habit de cuir devrait comporter des trous pour y voir, et d'autres encore pour respirer... Autant de portes grandes ouvertes par lesquelles les abeilles s'engouffreraient. Non, cette fois les choses s'annoncent difficiles.

Asklépios, qui les écoutaient, s'approcha.

— Il existe peut-être un moyen, dit-il, mais il est dangereux. Je ne puis vous contraindre à l'utiliser.

— Parle donc ! s'impatienta Shagan.

Le Chaldéen plongea la main dans sa besace et en ressortit une bourse de toile de la grosseur du poing. Un lien de cuir la fermait.

— Ce sac contient un encens, expliqua-t-il à voix basse. Au contact du feu ou des braises, il dégage une épaisse fumée qui tue les insectes... Le seul problème, c'est qu'il tue également tout être vivant qui commet l'erreur de le respirer. C'est un poison extrêmement volatil. Il peut vous protéger des abeilles à condition que vous reteniez votre souffle le temps de sortir du nuage toxique. La question qui se pose est de savoir si vous serez capable de bloquer votre respiration aussi longtemps.

— Donne ! ordonna Junia en tendant sa large paume.

Le devin obtempéra.

— Dès qu'elle entre en contact avec une quelconque source de chaleur, la poudre se met à grésiller et s'embrase, précisa Asklépios. Elle dégage alors une fumée jaune qui évoque celle du soufre. Il suffit d'une seule bouffée pour tuer un homme de corpulence moyenne. Sitôt entrée dans les poumons, la vapeur fait son office ; le sang se trouve corrompu et tout est joué. Il n'existe aucun antidote. Je vous conseille de ne l'utiliser qu'en dernier ressort, si vous êtes débordés par les abeilles.

— Faudra-t-il voler du miel ? interrogea Shagan. Je veux dire : pour l'idole... Il faudra bien la nourrir, non ?

Le Chaldéen haussa les épaules.

— Bien sûr que non, ricana-t-il. Qu'allez-vous chercher là ? Une fois le dieu en notre possession, nous pourrons sans peine dévaliser toutes les ruches de la campagne, les abeilles n'oseront pas s'y opposer.

— Si tu le dis, grogna le cul-de-jatte.

Dans le courant de l'après-midi ils eurent l'occasion de passer à proximité d'un champ rempli de grandes ruches d'osier, tressées à la façon romaine. Il s'en élevait un nuage bourdonnant et noir qui, par instants, interceptait la lumière du soleil. Shagan sentit un frisson de peur lui hérisser l'échine. Il s'imagina recouvert de cette fourrure mortelle, la chair fouaillée par des milliers d'aiguillons...

— Le miel ! haleta Asklépios avec une expression extatique. Ne sentez-vous pas le parfum du miel ? On prétend qu'il suffit de le humer pour rajeunir de cinq ans...

« Vieux fou ! » marmonna Junia entre ses dents.

8

Ils décidèrent d'établir un campement de base, au cœur d'un bosquet d'oliviers. Livia, son fils et les serviteurs resteraient là, prêts à se mettre en route à la première alerte, tandis que les mercenaires et le devin s'approcheraient le plus possible du temple. Hécatorius protesta ; il « voulait en être », affirmait-il. Livia, très pâle, n'osait lui ordonner de se tenir tranquille. L'adolescent, tremblant de rage contenue, offrait une image pitoyable. Shagan fit appel à toute la diplomatie dont il était capable et lui expliqua qu'ils devraient se replier en toute hâte et qu'il était capital que quelqu'un veille sur le chariot, le fouet à la main.

— Si les choses tournent mal, insista-t-il, tu devras mettre ta mère en sûreté. Nous ne pourrons pas t'aider car nous serons morts… Tu ne pourras donc compter que sur toi-même. Fuis aussi vite que possible, sans te retourner ; il est fort possible en effet que les abeilles se lancent à tes trousses.

Cet argument eut raison de l'entêtement de l'éphèbe.

Au lever du jour, Shagan, Junia et Asklépios, seulement chargés d'une outre d'eau et de leurs armes, s'élancèrent à travers la campagne pelée. La région, aride, n'offrait guère de cachettes et le soleil tapait dur. Arrivés à proximité du temple, ils s'embusquèrent au sommet d'une colline, sous une toile de lin d'une couleur analogue à celle du sol, et entamèrent leur examen des lieux.

Ils furent tout de suite frappés par le scintillement des murailles sur lesquelles les rayons du soleil explosaient en reflets éblouissants.

— C'est sans doute du calcaire poli..., hasarda le cul-de-jatte. Comme le parement des pyramides...

— Tu n'y es pas du tout, ricana le Chaldéen. *C'est de la porcelaine.*

— Quoi ? hoqueta Junia, une main en visière au-dessus des yeux.

— Tout le bâtiment est en porcelaine, en céramique, en pâte de verre, continua Asklépios.

— C'est stupide ! grogna Shagan. Ce sont des matériaux extrêmement fragiles qui se brisent au moindre coup de marteau.

— Justement, insista le devin. Ce choix est délibéré. Les prêtres d'Azzazêt n'entendent pas se retrancher derrière des fortifications imprenables. Ils réprouvent la violence, les tueries. Par l'étalage de leur faiblesse ils invitent les humains à déposer les armes et à venir en paix se prosterner devant l'idole d'argile. Les abeilles ont la réputation de détecter la colère chez les individus... On dit que l'hostilité d'un seul homme suffit à les sortir de leur torpeur. Alors elles se sentent agressées, prennent leur envol et s'abattent sur le fauteur de trouble.

— Balivernes, grogna Shagan.

— N'en sois pas si sûr, souffla Asklépios. Cette légende signifie qu'on ne peut franchir le seuil du temple que le cœur en paix. Du moins si l'on veut en ressortir vivant. Les abeilles tuent les visiteurs animés de mauvaises intentions. Il faut donc acquérir la paix de l'âme pour se recueillir au pied de l'idole. La paix… c'est le maître mot du culte d'Azzazêt. Dans un monde qui ignore la violence on n'a pas besoin de murailles ou d'armures.

— Regardez ça ! siffla Junia en désignant une silhouette brillante qui venait d'apparaître sur le chemin de ronde.

Il s'agissait d'un homme entre deux âges, très maigre, aux bras dépourvus de musculature, et qui allait et venait le long des remparts, affublé d'une armure et d'un casque… *de porcelaine !*

— Par les dieux ! grommela Shagan. Nous sommes tombés chez les fous.

— Pas du tout, corrigea Asklépios sur ce ton doctoral qui irritait l'infirme. C'est encore une fois un symbole. Cette cuirasse inutile est là pour dire : « Je ne me défendrai pas. Toute violence est superflue. »

— Son glaive est aussi en porcelaine, confirma la géante. Il se briserait au premier choc.

Shagan jura entre ses dents. Ainsi c'était encore là une de ces religions bizarres qui fleurissaient depuis quelque temps. Une aberration dans le genre de ces sectes chrétiennes qui se réunissaient dans les catacombes pour échanger des messages prônant l'amour du prochain. Pauvres fous ! Comment comptaient-ils défendre leur vie quand l'empereur enverrait ses légions les exterminer ? Ces philosophies dépassaient son entendement. Il avait grandi les armes à la main et mourrait les armes à la main. Lorsque sonnerait son heure de descendre au royaume des morts, il comptait bien emmener avec lui le plus grand nombre d'ennemis ! Et lorsqu'il paraîtrait devant Hadès, ce serait pour lui dire : « Si tu veux trinquer, rajoute une dizaine de coupes, seigneur, je ne suis pas venu seul ! »

Voilà comment devait mourir un vrai guerrier.

Une armure de porcelaine ! Il n'aurait jamais imaginé qu'on puisse être assez fou pour s'affubler de la sorte.

— Si j'ai bien compris, ils ne se défendront pas, ricana-t-il. Alors ce sera facile.

— Non, grogna Junia. Ils ne se défendront pas parce que les abeilles le feront à leur place. Ce sont des hypocrites. Comme beaucoup de prêtres.

Ils restèrent un long moment silencieux, à observer l'homme maigre qui déambulait au sommet du mur d'enceinte. La paroi de porcelaine était affreusement lisse. Une mouche n'aurait pas réussi à s'y accrocher.

— Qu'est-ce qu'on attend ? s'impatienta Shagan.

— Notre complice, répondit le Chaldéen. Celui qui oubliera de fermer les portes, ce soir. Celui qui m'a déjà remis l'encens empoisonné. Il va vous expliquer ce qui vous attend à l'intérieur du temple. Je n'y ai jamais mis les pieds. Étant loin d'avoir acquis la paix de l'âme, je n'ai pas voulu courir ce risque.

Les mercenaires et le devin se replièrent, abandonnant le sommet de la colline pour se réfugier à l'ombre d'un boqueteau d'épineux. Il faisait de plus en plus chaud. L'eau contenue dans l'outre avait pris un goût de bête. Shagan se prit à regretter la *posca*[1] des légionnaires.

1. Breuvage traditionnel du légionnaire romain en campagne : eau mêlée de quelques gouttes de vinaigre.

Écrasés de soleil, ils n'avaient pas le courage de bavarder. Enfin, au bout d'un temps inappréciable, une silhouette furtive surgit d'entre les arbres. L'homme était maigre lui aussi, enveloppé dans une tunique de lin qui laissait voir ses membres décharnés. L'air honteux, il s'accroupit près des mercenaires et tendit la main. Tout de suite, Asklépios tira une bourse d'or de sa besace et la lui remit.

— Je ne devrais pas faire ça, soupira le nouveau venu, mais c'est plus fort que moi... J'ai trop peur des abeilles. Il faut que je m'en aille... La sérénité m'a quitté, elles finiront par le sentir et me piqueront.

— Calme-toi, intervint le Chaldéen. Tu n'as pas à te justifier. Nous ne sommes pas là pour te juger. Tes décisions ne concernent que toi.

L'homme hocha la tête. Ses cheveux étaient gris et ses traits tirés.

— Je me nomme Otarius, dit-il en se tournant vers les mercenaires. J'ai servi fidèlement Azzazêt pendant dix ans, mais aujourd'hui c'est devenu trop difficile... Mon cœur a été corrompu par l'envie, la haine, la luxure... ma sérénité s'est émiettée. Les abeilles vont le sentir. Chaque fois que je pénètre dans le temple, je m'attends à les voir s'élever en vrombissant. Elles sont incroyablement sensibles aux mauvaises pensées... Elles lisent dans le cœur des hommes. Je les ai déjà vues piquer à mort trois des nôtres. Je crois que c'est à ce moment-là que j'ai commencé à les haïr...

Junia et Shagan demeurèrent silencieux. Ils avaient compris qu'Otarius avait besoin de se justifier. C'était souvent le cas avec les traîtres. Avant d'obtenir les informations qu'on était venu chercher, il fallait supporter l'interminable exposé de leurs excuses. Il ne servait à rien de les brusquer, on risquait de ranimer en eux un ultime éclair de loyauté préjudiciable à la bonne marche de l'entreprise.

— Les abeilles, continua Otarius d'une voix altérée. Il faudra vous en méfier. Elles ne dorment jamais tout à fait. La ruche s'assoupit mais il y a toujours des sentinelles aux aguets. Quand vous pénétrerez dans le temple, appliquez-vous à domestiquer vos sentiments, à faire le vide dans votre esprit. La sérénité... La sérénité sera votre meilleure protection. Si vous laissez transparaître votre hostilité ou votre peur, elles le sentiront... Les sentinelles viendront voleter autour de votre tête, se poseront sur vos épaules pour butiner votre sueur... Il ne leur faudra pas longtemps pour deviner vos intentions. À partir de là, vous serez perdus. Vous n'aurez plus la moindre chance de quitter le temple vivants.

Il dut s'interrompre car il avait la gorge sèche. Junia lui tendit l'outre. Il but avec un bruit de déglutition douloureux.

— D'accord, fit Shagan, j'ai bien compris, mais parle-nous maintenant de la disposition des lieux. Est-elle conforme à ce plan ?

Il avait déployé sur le sol le papyrus exhibé la veille par Asklépios.

— Oui, haleta Otarius. Mais ce dessin ne dit pas tout. Les dalles sont en porcelaine très fine. Au-dessous le sol est creux.

— Creux ?

— Oui, sur une profondeur d'une coudée. Ce vide s'étend sous toute la surface de la salle des offrandes.

— Et qu'y a-t-il dans ce vide ?

— Des abeilles bien sûr. Des milliers d'abeilles. Sous les dalles s'étend une ruche immense. Voilà pourquoi nous sommes si maigres. Si nous pesions plus lourd, les dalles de porcelaine céderaient sous notre poids et nous dégringolerions dans la ruche. Inutile de vous expliquer ce qui arriverait alors !

Junia laissa échapper un juron. Asklépios avait soigneusement « oublié » de mentionner ce détail. La géante soupesa le prêtre du regard… Par les dieux, elle devait peser trois fois son poids !

— Nous sommes astreints à un régime sévère, reprit Otarius en baissant les yeux. Du lait de chèvre, du miel, quelques olives… Nous ne pouvons pas nous permettre de grossir, ce serait nous condamner à mort. La règle est simple, une dalle ne peut pas supporter plus d'un prêtre. Quand on foule le sol de la salle il faut faire très attention à la manière dont on se déplace. Ne jamais être deux sur la même dalle sinon elle se briserait. Cela fait partie d'une ascèse… d'une volonté de mortification. L'épuisement du corps permet de combattre les esprits animaux : la lubricité, mais aussi la colère. La fatigue conduit à la sérénité. Quand on ne pense plus qu'à dormir on oublie la haine…

Une cohorte de prêtres somnolents, songea Shagan. *Des somnambules clopinant sur un dallage piégé qui peut se rompre à tout instant. Quelle sorte de religion est-ce donc là ?*

— Cela signifie que je ne pourrai pas entrer dans le sanctuaire, grogna Junia. Comment feras-tu pour transporter l'idole tout seul ? Est-elle encombrante ?

— Oui, confirma Otarius avec gêne. Elle a la taille d'un homme, mais comme elle est creuse elle ne pèse pas trop lourd. Cependant…

— Cependant ?

— Elle est fragile. Constellée de fêlures. On évite soigneusement de la toucher. Il convient de la manipuler avec beaucoup de précaution si on ne veut pas la voir se désagréger. Le mieux… le mieux serait que vous l'étendiez sur un linge, sur les dalles, pour la tirer doucement derrière vous au fur et à mesure que vous gagnerez la sortie.

— Les dalles supporteront-elles mon poids ? interrogea Shagan. Je ne suis après tout qu'une moitié d'homme !

— Oui, admit le prêtre, mais vous êtes fort. Votre corps est enveloppé de muscles, un seul de vos bras pèse aussi lourd que mes quatre membres réunis… Je pense que vous devriez progresser à plat ventre, afin de répartir le plus possible votre poids sur le sol.

— On peut tresser une claie d'osier, suggéra Junia. L'enduire de graisse pour diminuer le frottement… Tu t'y allongeras. Tu la feras glisser en prenant appui sur tes bras.

— Oui, approuva Shagan, ça peut marcher. Toi, le prêtre, qu'en penses-tu ?

— Je ne sais pas, bredouilla Otarius, je ne suis pas au fait de ces choses… On m'a élevé dans le dégoût de l'action et de la violence. Je ne sais que prier et fleurir l'autel d'Azzazêt.

9

Ils attendirent la nuit, couchés aux abords du temple, tandis que des chiens sauvages aboyaient à la lune à travers la campagne. Les deux mercenaires avaient passé l'après-midi à tresser une grande claie d'osier dont ils avaient frotté le dessous avec de la graisse de mouton. Shagan espérait ainsi répartir le poids de son corps à la surface du dallage de porcelaine et diminuer par ce subterfuge le risque de fêlures multiples. Il avait emprunté cette technique aux ingénieurs romains dont il avait, jadis, observé les travaux avec attention.

Les abeilles voletèrent au-dessus d'eux jusqu'à la tombée du jour, comme si elles se doutaient de quelque chose. Quand le crépuscule s'installa, l'essaim se regroupa en une masse compacte et disparut dans le temple en bourdonnant.

Asklépios, recroquevillé sous ses hardes, tremblait. Les deux tueurs avaient décidé qu'il n'entrerait pas dans les lieux. Ils ne pouvaient s'encombrer d'un comparse inexpérimenté. Les choses seraient déjà assez compliquées sans qu'ils aient à prévenir les maladresses d'un apprenti voleur.

Shagan rongeait son frein. Il leur fallait attendre qu'Otarius fasse sa dernière ronde ; celle au cours de laquelle il était censé verrouiller les accès au sanctuaire. Ce soir, il ferait semblant de tirer le loquet du grand portail, mais laisserait les vantaux entrebâillés.

Le bâtiment comportait très peu d'ouvertures. C'était à se demander comment les prêtres parvenaient à respirer ! Au sommet des murs, un semis de trous minuscules assurait la ventilation des lieux... et servait de passage aux abeilles. Il était inutile d'espérer fuir par une fenêtre. En fait, le temple tout entier avait été conçu sur le modèle d'une ruche, les cellules des zélateurs d'Azzazêt en constituant les alvéoles.

Shagan se sentait nerveux. La présence des insectes l'inquiétait. Il n'avait pas l'habitude d'affronter de semblables ennemis. Cette armée sournoise, impalpable, le mettait mal à l'aise.

Retenant leur respiration, les trois voleurs guettaient le bruit du loquet qu'Otarius manœuvrerait violemment pour les avertir de la fin de sa ronde.

« Vous pourrez pousser le vantail sans crainte, avait-il assuré, je graisserai les gonds... mais c'est hélas tout ce que je puis faire pour vous aider. Une fois dans la place, n'oubliez jamais que les abeilles sont là, aux aguets... et qu'elles percevront l'écho de vos pensées. »

— Allons-y ! souffla Junia. Il n'y a personne sur les remparts, c'est le moment ou jamais.

Saisissant Shagan par les aisselles, elle le jucha sur ses épaules puis glissa la claie d'osier sous son bras. En cet équipage, elle se mit à trotter en direction du temple. Elle enrageait de ne pouvoir accompagner l'infirme à l'intérieur du sanctuaire. Ce serait la première fois qu'elle devrait le laisser affronter seul le danger. Jusqu'à présent ils avaient toujours combattu au coude à coude.

Arrivée au pied des remparts, elle s'agenouilla pour permettre à Shagan de descendre.

Ils n'échangèrent pas un mot, mais c'est le cœur serré que la géante regarda son compagnon disparaître par l'entrebâillement de la porte. Elle désespérait à l'idée qu'il puisse mourir d'une manière infamante. Piqué par des abeilles ! Était-ce là une fin digne d'un guerrier aussi valeureux ? Il lui semblait déjà entendre les brigands ricaner dans les tavernes de Subure : « Shagan, le cul-de-jatte, vous savez de quoi il est mort ? » Et tout le monde s'esclafferait en se représentant le cadavre de l'infirme boursouflé par les piqûres, méconnaissable. « Il avait tellement de cloques sur le corps qu'on aurait dit une boule de pâte à pain en train de lever ! »

Une fois la porte franchie, Shagan s'immobilisa pour laisser à ses yeux le temps de s'habituer à l'obscurité. L'intérieur du bâtiment empestait le miel et il eut l'impression que les objets qui l'entouraient étaient recouverts d'une pellicule collante, sucrée, dans laquelle il resterait englué s'il demeurait trop longtemps au même endroit. Tout cela était irrationnel et oppressant.

Il finit par comprendre qu'il se trouvait au seuil d'un immense vestibule à peine éclairé par de rares veilleuses.

« Il n'y a ni flambeaux ni torchères dans l'enceinte du temple, avait expliqué Otarius. Le scintillement des flammes attirerait les abeilles qui s'y brûleraient les ailes. Les salles comportent donc très peu de photophores, et vous devrez vous y déplacer à tâtons. »

Remorquant la claie d'osier qui allait lui permettre de ramper à la surface du dallage de porcelaine, Shagan se déplaça doucement, la respiration courte. De rares abeilles allaient et venaient, s'entrecroisant dans les ténèbres de la voûte.

Des sentinelles, pensa-t-il. *Au moindre geste suspect, elles fileront prévenir les autres...*

Cette perspective le tenait paralysé, et il en eut honte. Jamais il n'avait été aussi peu sûr de lui. Ah ! comme il aurait aimé se trouver dans l'obligation d'égorger un géant ! Cela, oui, c'était dans ses cordes !

Lentement, il atteignit le centre de la rotonde. Les minuscules lampes à huile dessinaient, çà et là, de petits îlots de lumière jaune.

Soudain il sursauta : un soldat vêtu d'une armure grecque venait de surgir dans la lumière. L'homme avançait, le bouclier en avant, le casque au ras des sourcils, le glaive brandi. Son équipement scintillait étrangement dans la nuit. Shagan, qui avait déjà tiré son épée, comprit qu'il s'agissait d'un prêtre affublé d'un équipement factice. La cuirasse, les cnémides, le bouclier... tout ce harnachement guerrier avait été moulé dans de la porcelaine blanche !

— Que viens-tu faire ici, étranger ? lança l'homme d'une voix usée par l'âge. C'est la demeure d'Azzazêt, et l'on ne peut y pénétrer que le cœur en paix. Je devine que tu es un homme de violence, gouverné par d'âpres passions. Ta place n'est pas ici. Retourne sur tes pas.

— C'est toi qui protèges l'idole ? répondit Shagan d'une voix monocorde.

— Non, fit le prêtre, c'est toi que je protège. Si tu franchis le seuil du sanctuaire, tu mourras. Les abeilles sentiront ta colère, elles seront sans pitié.

— Écarte-toi, soupira le cul-de-jatte. Tu es vieux, je ne veux pas te tuer. Ce n'est qu'une statue d'argile, tu n'as pas envie de mourir pour si peu, n'est-ce pas ?

— Tu ne sais pas ce que tu dis, siffla l'étrange combattant, le glaive brandi à l'horizontale. Je ne te laisserai pas passer. Si elles te piquaient, les abeilles mourraient par centaines, et je ne peux laisser une telle chose se produire. Tu ne constitues pas une proie digne d'elles. Je dois donc te tuer moi-même pour les épargner.

Son bras maigre tremblait sous le poids du glaive de porcelaine, laissant voir plus de tendons que de muscles.

— Cesse cette farce, s'impatienta Shagan. Je t'ai donné ta chance, profites-en. Retourne dormir dans ta cellule et laisse-moi faire mon travail de voleur.

À peine avait-il prononcé ces mots que le vieux s'élança, fendant l'air avec son arme. Shagan, touché à l'épaule, eut la mauvaise surprise de constater que l'épée de pacotille était aussi effilée qu'un rasoir. Il jura et, d'un coup de reins, se rejeta en arrière… Mais, déjà, le vieux fou revenait à la charge.

Le bras de Shagan, éduqué par des années de combat, réagit d'instinct. Manié par une poigne d'acier, le glaive court du cul-de-jatte frappa la « cuirasse » de porcelaine qui vola en éclats, et s'enfonça dans un torse maigre qu'il transperça dans toute son épaisseur avant de se ficher entre deux vertèbres. Le prêtre s'écroula, fauché net. Au moment où il s'abattit sur les dalles de pierre du vestibule, son casque, son glaive et son bouclier explosèrent telles de vulgaires assiettes lâchées par une servante maladroite. L'armure, brusquement changée en une multitude de tessons, laissa apparaître un corps squelettique, mortifié par le jeûne.

Shagan se figea. Le bruit de vaisselle brisée avait résonné sous la voûte... Une autre sentinelle allait-elle surgir, aussi ridicule, aussi vulnérable ?

Penché sur le corps éventré, il lâcha un nouveau juron. Par les dieux, il n'avait pas voulu cela ! Il ne comprendrait décidément jamais rien aux hommes de religion !

Alors qu'il s'apprêtait à poursuivre son chemin, il s'aperçut que ce meurtre inutile avait éveillé en lui une grande irritation. Pouvait-il, dans cet état, prendre le risque de violer le sanctuaire d'Azzazêt ? Les abeilles n'allaient-elles pas détecter sa colère ?

Fermant les yeux, Shagan s'obligea à respirer lentement pour recouvrer son calme ; mais son cœur tambourinait à ses tempes et le sang lui mettait le visage en feu. Il essaya de recourir aux méthodes suggérées par Otarius, le prêtre félon : se concentrer sur des images paisibles, *un ciel bleu, une mer calme, une femme filant la laine, des moutons gambadant dans un pré...*

Hélas, pour Shagan, le ciel bleu évoquait ce moment de calme terrible qui précède la bataille, où le soldat lève les yeux vers les nuages en se disant qu'il sera sans doute mort dans une heure...

La mer calme, c'était cette étendue d'eau qu'on scrute avec angoisse dans l'attente de voir surgir une galère ennemie...

La femme filant la laine, c'était celle qu'on va bientôt violer, une fois la ville prise d'assaut, ou la veuve ignorant encore que son époux gît la gorge ouverte sur un champ de bataille lointain…

Quant aux moutons, c'étaient bien sûr ceux qu'on va sacrifier sur les bûchers des guerriers morts l'épée à la main…

Bref, pour Shagan, aucun de ces tableaux ne comportait la moindre parcelle de sérénité.

Les yeux toujours clos, il s'obligea néanmoins à demeurer immobile, attendant que les battements de son cœur aient enfin repris leur rythme normal. Il chassa le vieillard de son esprit. Cela, c'était facile, il avait tué tellement de gens !

Quand il estima avoir installé en lui une paix relative, il prit la direction du sanctuaire qui, d'après le plan fourni par Otarius, se situait de l'autre côté du vestibule. Arrivé au seuil de la grande salle des offrandes, il se dépouilla de son baudrier et de son glaive pour s'alléger le plus possible, et ne conserva en sautoir que la bourse de cuir renfermant la poudre magique qui, en brûlant, répandrait un nuage empoisonné.

De lourds rideaux de cuir rouge obturaient la salle. Une abeille géante, dorée à la feuille, figurait sur chacun d'eux. Shagan se glissa sous les tentures, en rampant, et s'immobilisa sur le seuil. La salle était vaste, plongée dans une demi-nuit. Des colonnes la bordaient de chaque côté. Sur chaque pilier, une petite lampe à huile brillait d'un éclat chiche. On n'y voyait pas grand-chose, mais les tressautements des lumignons se reflétaient curieusement sur le sol de porcelaine.

On dirait le reflet de la lune sur un étang gelé, songea Shagan. Cette similitude éveilla en lui le souvenir de légions englouties pour s'être imprudemment élancées sur un lac gelé. Il avait encore dans l'oreille le craquement atroce de la glace se fendant sous les *caligae*[1] des soldats.

Il tendit la main afin de palper le dallage tout autour de lui. Otarius n'avait pas menti, il s'agissait bien de plaques de porcelaine imbriquées, très fines, voire transparentes, comme certaines poteries étrusques qu'un courant d'air suffisait à briser.

Le cul-de-jatte déglutit avec peine. Il avait beau n'être qu'une moitié d'homme, il pesait encore trop lourd pour un ouvrage d'une telle délicatesse. Les mâchoires serrées, il poussa devant lui la claie d'osier et s'y allongea sur le ventre. Ensuite, s'aidant de ses bras comme il aurait fait de pagaies, il entreprit de se propulser sur le sol. La graisse dont le « radeau » était enduit permettait à ce dernier de glisser sans à-coups.

Une fois les cinq premiers mètres franchis, Shagan poussa un soupir de soulagement. Les choses se passaient mieux qu'il ne l'avait espéré. Les dalles ne présentaient aucune aspérité, ce qui facilitait la progression de la claie. À ce rythme-là, il serait vite au pied de l'autel !

C'est alors qu'il perçut la vibration... sous ses paumes.

La porcelaine du sol s'était comme animée. Une trémulation lointaine l'agitait. Un murmure, un bourdonnement...

La sueur aux tempes, Shagan comprit que le frottement huilé du « radeau » avait suffi pour éveiller l'attention des sentinelles veillant sous le dallage. Elles

1. Sandales à pointes.

allaient et venaient, essayant d'évaluer la situation et hésitant encore à donner l'alerte.

Le cul-de-jatte cessa aussitôt de bouger. Étendu sur la claie, il retint son souffle en espérant que les battements de son cœur n'étaient pas perceptibles à travers les dalles. Aux vibrations qu'il captait du bout des doigts, il lui était facile d'estimer « l'épaisseur » du sol. Il ne se faisait aucune illusion ; s'il s'était redressé sur son séant, il aurait fait exploser le dallage, réveillant l'essaim qui sommeillait sous la mince pellicule des dalles. Il fallait être un fantôme, une ombre d'homme, pour se déplacer sur ses deux pieds sur ce piège d'une fragilité de toile d'araignée.

Reste calme, s'ordonna-t-il. *Pense à de jolies choses…*

Mais que savait-il des jolies choses, lui, Shagan, le tueur, l'infirme, le mercenaire… ? En avait-il seulement rencontré au cours d'une vie placée sous le double signe de la violence et du sang ?

Foutaises que tout cela !

Il n'aurait jamais dû accepter ce travail. Il demandait trop de finasserie, trop de délicatesse, de précautions… il n'était pas fait pour cela.

Le cerveau bouillonnant, les nerfs tendus, il entendait bourdonner les abeilles éclaireuses entre les colonnes. Elles s'entrecroisaient au-dessus de sa tête. L'une d'elles alla même jusqu'à se poser sur son épaule. Il crut défaillir. L'espace d'une seconde, il fut sur le point de se redresser en hurlant.

L'insecte allait et venait sur sa peau, buvant sa sueur. Au bout d'un moment, il s'envola. Allait-il donner l'alerte, sonner l'hallali ?

Shagan posa les doigts sur la bourse de poudre empoisonnée suspendue à son cou. Il avait prévu, en cas de danger, de la jeter sur les charbons d'un brasero, où elle se consumerait en répandant ses vapeurs mortelles. *Le problème, c'est qu'il n'y avait pas de brasero à proximité.* Quant aux lumignons perchés au sommet des colonnes, il aurait été vain d'espérer les utiliser pour enflammer la décoction insecticide. Si les choses tournaient mal, son plan de secours serait réduit à néant ; une telle perspective n'avait rien d'enthousiasmant.

S'arc-boutant sur ses avant-bras, il propulsa le « radeau » en avant. Chaque fois qu'il exerçait une nouvelle pression sur le sol, les dalles de porcelaine émettaient un craquement de protestation. Shagan avait la certitude qu'un réseau de fêlures se dessinait autour de lui, s'agrandissant peu à peu. Ces crissements lui mettaient les nerfs à vif. Le dallage pouvait s'effondrer à tout moment, il le savait. Mais le plus inquiétant, c'était encore le bourdonnement qui s'amplifiait sous ses mains, et dont ses paumes captaient les vibrations lorsqu'elles prenaient appui sur le carrelage. L'essaim se réveillait. Si une seule dalle se brisait, la nuée d'insectes se ruerait à travers cet orifice pour envahir le temple… Cela serait comme un brouillard de fourrure en extension, une fumée vivante qui s'abattrait sur lui…

Sa tête vint enfin buter sur la première marche menant à l'autel ; il leva les yeux. Deux lampes à huile éclairaient une idole brunâtre, haute de trois coudées, et qui représentait un adolescent souriant. La statue était creuse ; les yeux et la bouche y figuraient sous forme de trous béants.

Parfait, songea Shagan, *elle ne pèsera guère plus qu'une amphore vide. C'est ce qu'il me faut.*

Il aurait été incapable, en effet, de soulever une idole de bronze, ou même de marbre, pour la transporter jusqu'au « radeau ». Mais cette statuette d'éphèbe nu rendait la manœuvre possible. Reprenant confiance, l'infirme se hissa sur les marches menant à l'autel. Il mourait de soif et transpirait comme un bœuf. Soucieux de ne point commettre un impair, il examina les abords de la plate-forme où se dressait la statue. Il n'y vit pas les traditionnels plats de viande grillée que les prêtres disposaient en offrande aux pieds de leurs dieux. Ici, il n'y avait que des fleurs et des jarres vides d'où montait l'odeur entêtante du miel. Shagan concentra son attention sur l'idole elle-même. Elle était ancienne, constellée de menues fêlures. Le corps était celui d'un tout jeune homme dépourvu de pilosité, aux cheveux bouclés. Le visage, très beau, évoquait celui des faunes, et les yeux bridés lui conféraient une certaine malice non dénuée de méchanceté. L'appareil génital avait été modelé avec un grand réalisme, et le sexe – à demi dressé selon les canons de l'esthétisme priapique – semblait usé par de trop nombreuses caresses. Les fidèles l'avaient probablement touché pour conjurer le mauvais sort, selon une coutume chère aux Romains.

Shagan prit une profonde inspiration et, se calant sur ses moignons, saisit l'idole à la hauteur des hanches, à mi-corps, afin de bien répartir la traction qu'il allait exercer sur elle. Les muscles tendus, il l'arracha du sol avec un rugissement étouffé. Il fut aussitôt étonné par son poids. Elle pesait diablement lourd pour une « amphore » ! Ce n'était pas normal... Il n'avait pas prévu cela. Le poids excessif de la statue le déséquilibra. Un homme pourvu de jambes aurait pu aisément compenser cette surcharge en prenant appui sur ses jarrets, mais les membres inférieurs du mercenaire s'arrêtaient, eux, au-dessus du genou, si bien qu'il faillit basculer en arrière et tomber du haut de l'autel. Il n'échappa à la chute qu'au prix d'un coup de reins prodigieux qui lui arracha un cri de souffrance. L'idole glissa entre ses mains pour s'incliner vers lui, comme si elle se penchait afin de murmurer une menace à l'oreille de l'impudent voleur qui osait ainsi l'arracher à la sérénité du sanctuaire. Pétrifié de terreur, Shagan vit le visage du faune se rapprocher du sien. Les yeux bridés ainsi que la bouche béante et noire lui parurent soudain empreints d'une méchanceté démoniaque, et il fut sur le point de lâcher son fardeau pour prendre la fuite. Alors qu'il luttait pour recouvrer son équilibre, *Azzazêt lui cracha à la face un flot de bave visqueuse qui l'aveugla...*

L'espace d'une seconde, Shagan céda à un élan de terreur superstitieuse. Il crut que le dieu mécontent reprenait vie et s'incarnait dans l'intention de le châtier. Il allait hurler quand il réalisa que les « vomissements » de l'idole étaient en fait constitués d'une pâte sucrée.

Il comprit, à son grand soulagement, que la statue creuse était remplie de miel. Les prêtres, obéissant à un rite pratiqué par les Égyptiens, la « nourrissaient » chaque matin en déversant du miel dans l'orifice qui lui tenait lieu de bouche... C'était ce liquide épais qui coulait sur Shagan comme du col d'une amphore renversée. Du miel, rien de plus. La statue en était remplie jusqu'à la gorge, voilà qui justifiait son poids !

Aveuglé, le cul-de-jatte s'efforça de ne pas lâcher prise et de descendre les marches à reculons. Il n'y voyait rien mais il ne voulait pas courir le risque de poser la statue au hasard, car elle aurait pu rouler et se briser.

La substance poisseuse dégoulinait sur ses mains et sa poitrine, le recouvrant d'une pellicule collante. Quand il eut enfin regagné le « radeau », il se dépêcha d'y coucher l'idole sur le ventre, dans l'espoir qu'elle continuerait à vomir le miel dont elle était remplie. Il était en effet urgent de l'alléger, car elle pesait presque autant qu'un homme fait de chair et d'os ; le dallage de porcelaine ne le supporterait pas.

Shagan maudit Otarius d'avoir omis ce détail. Où cet abruti de prêtre avait-il donc la tête ?

Suffocant, il s'allongea à côté du dieu, son épaule poisseuse touchant celle, rugueuse, d'Azzazêt. Ses yeux le brûlaient et il ne parvenait pas à les nettoyer. La situation lui échappait. Il fut sur le point d'appeler Junia à l'aide mais il se rappela, à temps, que la géante ne pourrait lui être d'aucun secours. À peine aurait-elle posé le pied dans le sanctuaire que le dallage exploserait sous son poids.

Haletant, il se mit à plat ventre et entreprit de propulser la claie en direction de la sortie. La présence de l'idole contre son flanc le mettait mal à l'aise. Il ne parvenait pas à effacer de sa mémoire l'image du visage d'Azzazêt, ce masque d'argile ironique se rapprochant du sien, cette bouche béante vomissant des flots de liquide doré… À cet instant, il avait vraiment cru que le dieu reprenait vie ; à présent il avait honte de s'être montré si crédule.

Le souffle court, Shagan « ramait » des deux bras pour éloigner la claie d'osier de l'autel. Hélas, le miel recouvrant ses mains l'empêchait de trouver un appui efficace, ses paumes gluantes dérapaient sur la porcelaine trop lisse du carrelage. Il prit conscience qu'il s'agitait en vain. Comme pour ajouter au désastre, l'idole continuait à vomir des litres de miel, engluant Shagan dans une interminable régurgitation. Le cul-de-jatte se fit l'effet d'une mouche emportée par une coulée de sève.

La panique s'insinuait en lui. Le « radeau » atteignait le centre de la salle quand l'infirme fut soudain gagné par un étrange malaise… Il était engourdi. Il ne sentait plus son visage ; ses doigts, ses paumes lui semblaient taillés dans du bois. Son corps était en train de perdre toute sensibilité. Ne comprenant rien à ce qui lui arrivait, il se mordit la lèvre jusqu'au sang sans éprouver la moindre douleur.

Cette fois il ne céda pas à l'affolement, il n'en était déjà plus capable. Le brouillard envahissait son esprit, ses idées devenaient floues. Il comprit qu'il n'allait pas tarder à basculer dans le sommeil.

« Le miel ! balbutia-t-il. C'est le miel ! »

Mais oui ! Il ne s'agissait pas d'un miel ordinaire, ç'aurait été trop simple, trop vulgaire… Avant d'en gaver le dieu, les prêtres y mêlaient de la jusquiame, de l'aconit, de la belladone, du népenthès… Autant de substances dont les propriétés hallucinatoires n'étaient plus à démontrer. Le miel emplissant le ventre de l'idole était un concentré de drogues. Les pythies s'en nourrissaient afin d'accéder à l'état de transe divinatoire qui leur permettait d'exercer leur fonction. Probablement en avalaient-elles une noisette pas plus grosse que l'ongle du pouce, alors que lui, Shagan, en avait ingurgité de pleines gorgées ! À n'en pas douter, il s'était empoisonné. Il allait sombrer dans l'inconscience, l'oubli, la mort… L'engourdissement dont il était victime n'annonçait-il pas la rigidité cadavérique qui allait bientôt s'emparer de lui ? Quand les zélateurs d'Azzazêt le découvriraient, à l'aube, il serait aussi raide que l'idole couchée à ses côtés.

Ah ! le piège était subtil… et il avait fonctionné à merveille. Du miel… du miel drogué…

Dans un dernier sursaut de volonté, il tenta de propulser le « radeau » vers la sortie mais ses muscles refusèrent d'obéir. Il ne sentait plus ses bras, à croire qu'on l'avait amputé au ras des épaules. Il retomba sur la claie, la joue dans une flaque gluante. À travers les mailles de l'osier tressé, il entendait craquer la porcelaine des dalles. Chaque fêlure produisait une note cristalline, très belle. L'ensemble de tous ces tintements finissait par constituer une musique divine, irréelle, comme les dieux en écoutaient sur l'Olympe. Shagan sourit béatement. C'était bon de n'avoir plus de corps, d'être enfin délivré de ce fardeau de chair et d'os, de devenir un pur esprit.

Il s'abandonnait quand une voix retentit, lointaine, impérieuse, essayant de l'arracher à sa torpeur. Mécontent, il se redressa sur un coude.

Une grosse femme se tenait au seuil de la salle, lui adressant des signes frénétiques. Il lui sembla qu'il la connaissait… ou du moins qu'il l'avait connue dans une vie antérieure, quand il était encore un homme embarrassé dans une prison de chair. Maintenant qu'il était devenu quelque chose comme une étincelle de pensée pure virevoltant dans l'air, il ne parvenait plus à se rappeler son nom.

Une intuition fulgurante le frappa : *il était en train de se changer en abeille !* Mais oui, bien sûr ! Tous ceux qui absorbaient le miel magique se métamorphosaient en abeilles et s'en allaient rejoindre l'essaim… C'était la loi. De voleur, il allait devenir gardien du temple. Il rachèterait ses fautes en veillant sur Azzazêt.

— Shagan ! souffla Junia, que t'arrive-t-il ? Dis quelque chose !

Debout au seuil du sanctuaire, la géante avait fini par comprendre que son compagnon n'était pas dans son état normal. D'abord elle l'avait cru victime des abeilles, empoisonné par leurs piqûres, mais il n'y avait que deux ou trois insectes sous la voûte, il ne pouvait donc s'agir de cela. Que se passait-il ? Le manque de lumière ne lui permettait pas de se faire une idée claire de la situation. Shagan semblait blessé, malade, sur le point de perdre connaissance. Si cela se produisait, elle ne pourrait pas lui porter secours, son poids lui interdisant de poser le pied sur les dalles.

Il fallait prendre une décision avant que Shagan s'effondre. Sans plus attendre, elle déroula la corde nouée autour de sa taille. C'était un solide lien de chanvre dont elle se munissait à chaque expédition. Afin de la lester, elle attacha sa dague à l'une des extrémités et commença à la faire tournoyer au-dessus de sa tête.

— Attrape-la ! souffla-t-elle à l'intention du cul-de-jatte. Ne la laisse pas toucher le sol ou bien la porcelaine éclatera…

Shagan accomplit un terrible effort pour réintégrer son enveloppe humaine. Il aurait préféré rester un pur esprit, c'était plus agréable. Cette grosse femme l'ennuyait. Il finit par comprendre ce qu'elle attendait de lui : il devait attraper le poignard au vol, se saisir de la corde pour l'amarrer à la claie. La géante se chargerait ensuite de haler le radeau jusqu'à la sortie. Oui, c'était sûrement cela… Le tout était de savoir s'il en avait envie. En quittant le sanctuaire, il perdrait toute chance de devenir une abeille. Jamais une pareille chance d'obtenir la rédemption de ses fautes ne se représenterait…

Il voulut crier à la géante de le laisser en paix, de s'en aller, mais les mots refusèrent de sortir de sa bouche. Ses cordes vocales étaient paralysées. La corde vola vers lui, entraînée par le poids de la dague. Son bras se leva, par instinct, indépendamment de toute volonté ; ses doigts se refermèrent sur le couteau dont ils ne percevaient pourtant pas les contours.

Il lui fallut beaucoup de temps pour passer la corde à travers les mailles de la claie et faire un nœud correct. Il accomplit ces différentes actions dans un état somnambulique, et s'il réussit, ce fut en grande partie grâce aux automatismes engrangés dans sa mémoire.

Une fois le nœud serré, il perdit connaissance et s'effondra contre la statue de terre cuite.

Junia entreprit de haler le « radeau » par tractions lentes et régulières. Le miel dont il était enduit facilitait l'opération. Néanmoins, chaque fois qu'elle faisait une pause, elle remarquait que le bourdonnement de l'essaim caché sous les dalles allait croissant. Les frottements l'avaient réveillé. Le sanctuaire s'emplissait de cette chanson sourde, de ce fredonnement menaçant. L'attaque était imminente, il fallait se dépêcher de fuir.

La géante redoubla d'efforts. La claie d'osier atteignit enfin le seuil de la salle. Shagan gisait contre la statue, inconscient. Dans la mauvaise lumière, elle eut l'impression de surprendre deux amants vaincus par la fatigue du stupre et encore poisseux de sperme. Junia saisit l'infirme sous les aisselles et le souleva au-dessus du sol pour le secouer. Mais la tête de Shagan ballotta de droite à gauche sans qu'il reprenne connaissance. La femme-jument comprit qu'elle n'avait pas le choix. Pour se sortir de ce mauvais pas, elle ne devait compter que sur sa force. Les mâchoires serrées, elle glissa le cul-de-jatte sous son bras droit, et, de la main gauche, saisit l'idole de terre cuite qu'elle cala pareillement sous son aisselle gauche. Déséquilibrée par ces charges inégales, elle clopina en direction du vestibule. Les deux fardeaux, barbouillés de miel, avaient tendance à lui glisser des mains mais elle n'osait les serrer davantage car elle se savait assez forte pour briser les côtes de l'homme et faire exploser la statue.

Dans son dos, le bourdonnement augmenta, comme si les insectes venaient de comprendre qu'on était en train de voler l'idole qu'ils avaient pour mission de protéger. Junia pressa l'allure. Le miel engluait ses flancs et ses bras. Elle n'y prêta pas attention, n'ayant plus qu'une idée en tête : gagner la sortie au plus vite.

C'est avec un réel soulagement qu'elle franchit le portail. L'air de la nuit lui fit du bien. Depuis un instant elle souffrait de vertiges, comme si elle avait présumé de ses forces. Sans prendre le temps d'y réfléchir, elle s'éloigna du temple aussi vite que possible. Elle craignait par-dessus tout que les abeilles ne s'élancent à sa poursuite et s'abattent soudain sur elle. Si cela se produisait, elle serait incapable de leur échapper puisqu'il n'y avait pas le moindre point d'eau à proximité.

La tête lui tournant, elle dut s'arrêter pour reprendre son souffle. Que lui arrivait-il ? Elle se sentait toute bizarre. Un étrange engourdissement gagnait ses bras et ses flancs, là où le miel s'était déposé par frottement.

Soudain elle comprit pourquoi Shagan avait perdu connaissance. *Le miel était drogué...* Si elle ne réagissait pas, elle allait à son tour être victime du même empoisonnement !

Déposant le cul-de-jatte et la statue sur le sol, elle s'agenouilla et, puisant à pleines paumes la poussière du chemin, s'en frotta la peau pour la nettoyer de la dangereuse substance dont elle était enduite. Asklépios, qui avait observé son manège depuis le buisson où il se tenait dissimulé, bondit hors de sa cachette.

— Es-tu folle ? haleta-t-il. À quoi rime cette gesticulation ?

Junia lui exposa ses soupçons en deux phrases. L'augure recula.

— Otarius aurait dû nous avertir ! cracha-t-il. Il mériterait que je l'étripe !

— Peut-être n'en savait-il rien, soupira la géante. Ce n'est qu'un prêtre de rang inférieur, il n'est pas dans le secret des dieux.

Elle cessa de se frictionner. L'engourdissement ne semblait pas s'atténuer. Une langueur sournoise s'installait dans son esprit.

Je vais m'endormir, songea-t-elle. *Le poison est en train de paralyser mes idées. Chacune de mes paupières pèse autant qu'une vache...*

Elle se redressa, empoigna Shagan puis l'idole, et se remit en marche. Elle ne pouvait s'offrir le luxe de perdre connaissance si près du temple. Elle devait marcher jusqu'au chariot, s'y hisser avec son compagnon. Ce n'est qu'une fois couchée à l'intérieur du véhicule qu'elle pourrait s'abandonner au sommeil.

Sans plus prêter attention aux propos d'Asklépios, elle s'élança, comme une bête de somme, la tête baissée. Elle était grande et grosse. Le poison mettrait du temps à la foudroyer. Elle comptait profiter de ce répit pour rejoindre Livia et son fils, de l'autre côté de la colline.

— Ne lâche pas la statue ! ne cessait de bégayer Asklépios qui trottinait derrière elle, dans un état d'extrême nervosité.

Marche, se répétait Junia, *marche... Ne pense qu'à une chose : mettre un pied devant l'autre et recommencer.*

Des taches lumineuses dansaient sur sa rétine comme autant de lucioles. La nuit était pleine d'étincelles menant une sarabande effrénée.

Elles vont me brûler, se dit la géante. *Ce sont des braises... des tisons...*

Elle eut conscience de se laisser emporter par un tourbillon fantasmagorique, et se raidit. Ses bras avaient perdu toute sensibilité à partir des coudes. Elle avait connu cela, un jour, à la suite d'une morsure de serpent. La même impression atroce de se changer en statue de marbre, inerte, insensible...

Une juste punition, lui souffla une voix étrangère au fond de sa tête. *Quand on vole une statue, on devient statue... Tu vas prendre la place de l'idole que tu viens de dérober, mais personne ne t'adorera. Et si l'on vient de tous les coins du pays, ce sera uniquement pour couvrir ton effigie de crachats.*

Ses genoux fléchirent. Elle fut forcée de s'asseoir et de déposer ses fardeaux à terre. Asklépios s'agenouilla aussitôt devant l'idole et entreprit de la recouvrir de poussière pour assécher le miel dont elle était imprégnée. Il n'eut pas un regard pour Junia et Shagan.

Fripouille ! pensa la géante. *Maintenant que tu n'as plus besoin de nous tu serais prêt à nous abandonner au bord de la route. Tu as la statue, c'est tout ce qui compte, tu vas pouvoir jouer les sauveurs auprès de Livia et de son fils.*

Elle aurait voulu tendre le bras, saisir le devin à la gorge et l'étrangler, là, sans autre forme de procès, mais son corps ne lui obéissait plus. Une autre qu'elle aurait perdu connaissance depuis longtemps. C'était un miracle qu'elle fût encore en mesure d'assembler deux idées !

Asklépios lui jeta un regard sournois. Junia devina qu'il jaugeait son état d'abrutissement.

Il se demande s'il pourrait s'emparer de l'idole sans courir le risque de se faire décapiter, songea-t-elle. *Par les dieux... c'est vrai que j'aurais bien du mal à le poursuivre dans mon état.*

Le devin hésitait. Sans doute craignait-il, s'il posait les mains sur la statue, d'être victime du même empoisonnement. En effet, son corps décharné ne pourrait guère opposer de résistance au miel vénéneux. Il risquait fort de s'abattre, le nez dans la poussière, avant d'avoir pu faire trente pas.

Junia referma la main gauche sur une grosse pierre.

— Ne touche pas à l'idole, gronda-t-elle. Si tu fais mine de la soulever je la fracasse avec ce caillou. Tu vas la laisser là et courir prévenir Livia... Je veux qu'ils amènent le chariot ici. Pas question de nous abandonner maintenant que nous avons fait notre travail.

— Ce n'était pas dans mes intentions, bredouilla le Chaldéen.

— Va, grogna Junia, menaçante. Tu as intérêt à faire vite. Si tu n'es pas revenu bientôt je briserai cette statue avant de m'endormir.

Le devin laissa échapper un glapissement d'effroi. Ramassant les pans de sa tunique, il s'élança dans la nuit.

Junia regarda la pierre dans sa main. Elle n'en percevait ni le poids ni les contours. Couché dans la poussière, Azzazêt dardait sur elle un œil malicieux qui semblait dire : « Tu as beau être une géante, je suis plus fort que toi... moi, la frêle statue d'argile. Il va bien falloir que tu l'admettes. »

Junia se redressa. Sa tête pesait plus lourd qu'un éléphant mort. Il lui fallait accomplir des prodiges de volonté pour ne pas céder au désir de se laisser aller, de s'abattre dans la poussière comme une tour dont on vient de saper les fondations.

Elle réalisa qu'Asklépios aurait pu revenir sur ses pas et lui trancher la gorge sans qu'elle ébauche le moindre geste de défense. Heureusement, le devin était trop couard pour lever la main sur elle.

Enfin, alors qu'elle allait céder au sommeil, le chariot apparut au détour de la route. Hécatorius sauta à terre. D'un pas précautionneux, il s'approcha de l'idole et la contempla longuement, sans s'occuper des mercenaires qui attendaient son aide.

Junia ferma les yeux. Cette fois elle était à bout de résistance. Elle se demanda si l'adolescent aurait le cran de les abandonner, Shagan et elle, à la fureur des prêtres qui, d'ici quatre heures, découvriraient la disparition de l'idole.

Asklépios ne manquera pas de le lui conseiller, se dit-elle. *Mais Livia est une noble dame... Elle voudra probablement rester fidèle à ses engagements. Quoique...*

Elle ne put aller au bout de sa phrase tant ses pensées s'effilochaient. La seconde d'après, elle s'abattait dans la poussière avec la pesanteur d'une vache qu'on vient de sacrifier.

10

Quand Junia reprit conscience, elle était couchée dans un coin du chariot où l'avaient hissée à grand-peine les esclaves. À ses côtés, le cul-de-jatte reposait, toujours endormi. La géante se dressa sur un coude pour découvrir Livia, son fils et Asklépios, penchés sur l'idole qu'ils avaient emmitouflée de chiffons afin de la protéger des secousses du voyage.

Le véhicule allait bon train dans la poussière et la chaleur. La femme-jument s'ébroua. Elle avait mal à la tête mais ses nerfs avaient recouvré leur sensibilité. Shagan, lui, semblait moins gaillard. Elle l'ausculta. Le cœur de l'infirme battait à un rythme régulier, quoique lent. Sans doute avait-il absorbé une trop grande quantité de drogue ? Elle n'aimait pas le voir ainsi. Elle avait l'impression qu'il dérivait aux frontières du royaume des ombres, s'en rapprochant chaque heure un peu plus.

S'emparant d'une gourde, elle but longuement, puis en aspergea le cul-de-jatte sans parvenir à le tirer de sa torpeur.

Elle réalisa qu'elle était encore trop faible pour parler. Inconsciente, elle avait été la proie de curieux songes dont le souvenir l'assaillait encore à la lumière du soleil.

Elle avait rêvé qu'elle maigrissait, qu'elle devenait incroyablement mince et vulnérable, à l'image des femmes qu'elle avait côtoyées lorsqu'elle fréquentait les thermes. Elle ne savait plus se défendre, sa main était trop petite et trop faible pour manier une arme… Elle avait peur et poussait des cris de souris lorsque survenait le danger.

Oui, un bien curieux rêve en vérité, qui aurait dû la terrifier mais qui l'avait emplie d'une inexplicable béatitude. Elle s'était vue, déambulant à travers un palais désert, silhouette minuscule entre les colonnades, plus menue qu'une adolescente. Tout au bout d'une salle était accroché un grand disque de cuivre dans lequel elle se contemplait[1]. Tout à coup, elle avait senti une présence derrière elle. Une forme rougeâtre était sortie de l'obscurité. Un éphèbe nu, aux yeux bridés, à la peau brune… *Azzazêt.* Ce n'était plus une statue. La terre cuite s'était changée en chair, les cheveux bouclés semblaient des copeaux d'or. Azzazêt avait souri et dit d'une voix très douce :

— Je peux te donner tout cela, tu sais ? Il suffit que tu croies en moi. Je puis changer l'existence de ceux qui me font allégeance. Si tu acceptes de me servir, tu seras récompensée comme tu le souhaites.

— Ce n'est qu'un rêve stupide, avait protesté Junia. Tu n'existes pas.

— Tu te trompes, avait rétorqué Azzazêt avec un sourire de faune, ironique et légèrement menaçant. Tu as absorbé la drogue des prêtres. Tu es entrée en

1. Les Romains n'avaient pas inventé le miroir.

transe, tu as accédé à un autre plan de réalité. J'existe bel et bien, et je vais te le prouver en m'incarnant bientôt.

— Tu vas t'incarner ? avait bégayé Junia. Tu veux dire que tu vas te changer en humain ?

— Oui, tous les dieux le font. C'est une tentation à laquelle nous résistons rarement. Vous, les humains, buvez du vin et forniquez à l'envi. Notre grand vice, à nous, les dieux, c'est de devenir des hommes. *La chair... n'est-ce pas ?* La fragilité et la beauté de la chair. Mais tu sais de quoi je parle, bien sûr, puisque tu es cannibale ! La chair, quelle ivresse !

Junia s'était éloignée à reculons. L'éphèbe aux cheveux d'or lui faisait peur. Elle n'aimait pas ses yeux obliques, sa bouche trop fendue qui, par moments, évoquait un bec de rapace.

— Tu n'existes pas, avait-elle répété d'une voix à peine audible. Ce n'est qu'un rêve, et toi tu n'es qu'une statue de terre cuite, plus fragile qu'une amphore... Je pourrais te briser d'un coup de pied !

— Mais tu ne le feras pas ! s'était esclaffé Azzazêt. Tu as trop envie de croire en moi. Je le sais. À bientôt... dans la réalité. De l'autre côté du rêve. Rappelle-toi : je vais m'incarner, et si tu me sers avec dévouement, tu seras récompensée.

C'est à ce moment que la géante s'était réveillée, le visage trempé de sueur, le cœur battant à tout rompre. Le sentiment de malaise persista au fil des heures, l'empêchant d'adhérer aux événements. En dépit de ses efforts, elle demeurait étrangement distante, comme si tout ce qui se passait autour d'elle ne la concernait pas. Elle mit ce détachement sur le compte de la drogue, tout en sachant qu'elle se mentait.

— Les prêtres ne se sont pas encore lancés à notre poursuite, l'informa Hécatorius qui s'était approché.

— Et les abeilles ? interrogea Junia d'une voix sourde.

— Pour le moment elles ne se sont pas manifestées. Asklépios affirme qu'elles ne s'en prendront pas à nous tant que nous ne porterons pas préjudice à l'idole. Qu'en penses-tu ?

La géante haussa les épaules et coula un regard inquiet en direction de la statue couchée dans son berceau de chiffons.

— Le Chaldéen nous a dit, pour le miel… reprit l'adolescent. Nous avons nettoyé la statue en prenant les précautions nécessaires. Et toi, comment te sens-tu ? Ton compagnon dort toujours. Crois-tu qu'il va se réveiller ?

C'était la question que Junia était justement en train de se poser. Elle avait aspergé le cul-de-jatte à plusieurs reprises sans provoquer chez lui la moindre réaction. Elle se demanda avec angoisse si le miel empoisonné ne provoquait pas une espèce de sommeil perpétuel au cours duquel on passait de vie à trépas. Dans les hautes terres du Nil elle avait observé ce genre de maladie, et vu des tribus entières s'endormir à jamais.

En ce qui la concernait, elle souffrait d'une faiblesse inhabituelle. Sa légendaire vigueur s'était envolée, remplacée par une langueur souffreteuse ponctuée de bâillements. Si on l'avait attaquée, elle aurait été incapable d'empoigner un glaive.

Elle se laissa donc bercer par les cahots du chariot. Chaque tour de roue les éloignait du temple, c'était déjà une compensation. Pourquoi les prêtres n'avaient-ils pas encore réagi ? Leur vieillesse, leur fatalisme les avaient-ils poussés à se résigner ?

À moins qu'ils ne se soient tous suicidés ? songea-t-elle. Cela n'avait rien d'impossible. La disparition de l'idole les avait peut-être frappés d'épouvante. Privés d'Azzazêt, ils n'étaient rien.

Remâchant ces suppositions, elle s'assoupit. Le rêve la reprit aussitôt. De nouveau, elle se vit, errant dans le dédale d'un palais désert où le vent ululait en longs courants d'air. Elle zigzaguait entre les colonnades, cherchant une sortie dont le bâtiment semblait dépourvu. À bout de souffle, elle haletait, consciente qu'une ombre rouge s'attachait à ses pas. Dès qu'elle regardait par-dessus son épaule, elle entr'apercevait dans la pénombre le flamboiement d'or des cheveux bouclés d'Azzazêt. Il la suivait, où qu'elle aille. Elle l'entendait ricaner à la manière des adolescents farceurs.

— Ton ami va mourir, chuchota-t-il enfin. Tu le sais… Il a absorbé trop de miel. Le poison va détruire son corps et son esprit. Les humains ne peuvent supporter la nourriture des dieux. Elle les consume de l'intérieur.

— Sauve-le ! gronda Junia. Tu es un dieu, tu peux le guérir.

— Oui… c'est vrai. Je pourrais le faire, mais pour cela il faudrait que tu acceptes de croire en moi. De me servir. J'en avais assez d'être adoré par des vieillards décharnés… Toutes ces momies psalmodiantes qui se prosternaient à mes pieds, c'était d'un déprimant ! Je suis content d'avoir quitté le temple. J'avais envie de changer d'air, de voyager. Voilà pourquoi je ne me suis pas défendu lorsque ton ami m'a arraché de l'autel. Il était le bienvenu. *Je l'attendais depuis si longtemps.* Tous les jours je faisais des vœux pour qu'un voleur se présente et m'emporte. N'est-ce pas pitoyable ? Si vous avez pu sortir du temple vivants, c'est grâce à moi.

— Tu nous as aidés ?

— Et comment ! J'ai retenu les abeilles qui s'apprêtaient à fondre sur vous. Je leur ai ordonné de dormir. En quelque sorte, j'ai été votre complice le plus efficace.

— Tu racontes n'importe quoi !

— Non, les dieux sont ainsi. Facétieux, prompts aux caprices, aux changements d'humeur... Ce sont les prêtres qui les dépeignent comme des censeurs, des barbons rigides, des juges ignorant le rire. Mais les vrais dieux, eux, aiment s'amuser. À quoi servirait le pouvoir si l'on ne pouvait l'utiliser pour s'amuser ?

Azzazêt s'approcha de Junia. Sur sa tête, ses cheveux crépitaient telles de courtes flammes. Des expressions diverses et contradictoires se succédaient sur son visage. Parfois il avait l'air d'un enfant, parfois il ressemblait à un bouc. Dans ses yeux, la candeur succédait à la lubricité. À certains moments il émanait de lui un parfum de fleurs fraîchement coupées, et à d'autres il empestait la charogne.

— Je suis Azzazêt, dit-il, le Joueur, Azzazêt le Maître des Changements. Si tu m'aides à m'incarner je sauverai ton ami, je l'empêcherai d'aborder aux rivages des ombres.

— Mais pourquoi veux-tu à toute force devenir un homme ? s'impatienta Junia.

— Je te l'ai déjà expliqué, soupira la créature. *Je veux toucher la vie.* Poser les doigts sur la peau des femmes, des enfants… Sentir toute cette vulnérabilité… Il est si ennuyeux d'être immortel. Mais tu ne peux pas comprendre, votre vie est si courte, à vous, les humains, vous n'avez pas le temps de vous ennuyer… Imagine ce que l'on ressent quand on existe depuis trois mille ans ! J'ai cru devenir fou chez ces vieillards… J'étais prisonnier. Tu m'as libéré. Je dois en profiter. Bientôt d'autres viendront, qui m'enfermeront de nouveau pour m'adorer. Cette femme, Livia, et son fils, sans doute. Ils attendent que je les protège. Ils m'emmureront dans une cave, loin du soleil, et viendront se prosterner devant moi trois fois par jour. Ils me feront des libations… *et je recommencerai à m'ennuyer.* Je vais te dire un secret…

Junia recula d'un pas, comme si la bouche d'Azzazêt allait soudain vomir une nuée de sauterelles.

— Quel secret ? bredouilla-t-elle.

— Je ne puis m'incarner qu'entre deux périodes de détention, expliqua le dieu. Pendant le court intervalle où l'on me véhicule d'un temple dans un autre. Les sanctuaires sont pour moi des prisons. Une fois que l'on m'y a enraciné je ne puis m'en échapper. La vie… la vraie vie, je ne suis en mesure d'en profiter que l'espace d'un voyage. Aide-moi à m'incarner et j'exaucerai tes vœux.

Junia n'en apprit pas davantage. Un cahot plus violent que les autres la projeta contre l'un des montants du chariot, la tirant du sommeil.

Quand elle ouvrit les yeux, Asklépios la dévisageait avec inquiétude.

— Tu as parlé pendant que tu dormais, souffla-t-il. Tu t'exprimais avec une drôle de voix… Une voix qui n'était pas la tienne.

Junia se redressa. Le Chaldéen s'écarta vivement, comme s'il craignait qu'elle le touche. Elle comprit qu'elle lui faisait peur.

11

Shagan se réveilla au crépuscule mais demeura dans un état d'hébétude qui ne s'atténua nullement par la suite. Junia en fut alarmée. Le regard de l'infirme avait changé, c'était désormais celui d'un animal traqué et furieux ne comprenant rien au monde qui l'entoure. Il s'exprimait par grognements et fuyait tout contact. Dès qu'on faisait mine de le toucher, il s'écartait en montrant les dents. Quand on lui donna à manger, il s'alimenta salement, comme aurait pu le faire une bête. Un peu plus tard, il urina dans le chariot sans gêne aucune.

— Qu'est-ce qui lui arrive ? siffla la géante en empoignant le Chaldéen par le devant de sa tunique. Je ne l'ai jamais vu dans cet état, même au lendemain de beuveries mémorables.

— Je ne sais pas ! glapit le devin en se dégageant. Il est possible que son esprit ait été détruit par le miel des dieux... Les substances qu'y ont mêlées les prêtres peuvent occasionner des dommages irrémédiables. J'ai déjà vu cela à Delphes. Un paysan est devenu fou parce qu'il avait commis l'erreur de respirer les émanations gazeuses que la pythie a coutume d'inhaler pour entrer en transe. Définitivement fou. Jusqu'à sa mort il s'est pris pour un cochon. Il vivait dans la fange et s'accouplait avec les truies… Voilà pourquoi il est rigoureusement interdit aux hommes de goûter aux offrandes. La jusquiame, l'aconit, le népenthès, dont les prêtres les saupoudrent, sont pour les habitants de l'Olympe l'équivalent de notre *garum*[1].

Il fut décidé qu'on accorderait à Shagan le temps de sortir de son étrange stupeur à condition que Junia garde un œil sur lui et l'empêche de se livrer à des actes offensant la pudeur.

Dès lors, à chaque halte, le cul-de-jatte s'éloigna du chariot avec précipitation, comme si la compagnie des humains lui était désormais insupportable. Il se livrait ensuite à une incompréhensible gesticulation au cours de laquelle il battait des bras tel un oiseau essayant de prendre son envol. C'était tout à la fois grotesque et pathétique.

Junia commençait à se demander ce qu'elle allait faire de lui. Peut-être, une fois de retour à Rome, serait-il possible de consulter un médecin grec ? Elle avait entendu dire que certains d'entre eux soignaient la folie au moyen de massages ou de concerts de flûtes[2].

Le lendemain matin, Asklépios examina l'idole et se déclara inquiet.

— Tout occupés à fuir, fit-il de ce ton sentencieux qu'il aimait prendre, nous avons omis de nourrir Azzazêt. C'était une erreur… Regardez : de nouvelles fêlures sont apparues au cours de la nuit. Là, là… et

1. Condiment à base de viscères de poisson pourri dont les Romains usaient et abusaient. Le garum coûtait très cher et nécessitait une interminable préparation.

2. Authentique !

encore ici… Ce sont les signes de sa colère. Azzazêt est mécontent. Il n'a pas l'habitude d'être traité avec un tel manque de respect.

Junia fut tentée d'objecter que ces crevasses résultaient à coup sûr des manipulations intempestives auxquelles on avait soumis l'idole de terre cuite, mais, remarquant l'extrême sérieux avec lequel Livia et Hécatorius accueillaient les propos du devin, elle préféra s'abstenir. Elle n'était pas là pour donner son avis, et si ces deux-là préféraient croire à la magie, c'était leur affairc.

Livia, plus encore que son fils, semblait fascinée par la statue. Elle ne cessait de la dévisager et de la toucher du bout des doigts. Souvent, ses yeux s'égaraient en direction du phallus poli par les attouchements des fidèles, et elle rougissait.

— Si Azzazêt se met en colère, expliqua le Chaldéen, tout est à craindre. Il peut convoquer les abeilles et leur ordonner de nous mettre à mort.

— Il n'y a qu'à lui donner du miel ! intervint Hécatorius avec nervosité. C'est ce qui était prévu, non ?

Le devin se dandina, mal à l'aise.

— C'est effectivement ce que je prévoyais à l'origine, soupira-t-il. Je croyais alors qu'il s'agissait de miel pur que nous pourrions prélever dans les ruches rencontrées sur notre chemin… J'ai dû admettre mon erreur en observant les malaises de Junia et de Shagan. Les prêtres d'Azzazêt ont coutume de mêler aux offrandes des décoctions stupéfiantes dont j'ignore la composition. Ces formules sont tenues secrètes par les initiés. Si je m'amusais à les imiter, le dieu s'en apercevrait aussitôt et entrerait dans une terrible colère. Je ne peux prendre ce risque. Il faut donc trouver une autre solution.

Foutaises ! songea la géante en retenant un sourire. *Je vois bien où tu veux en venir, vieille canaille !*

— Et que proposes-tu ? fit Livia d'une voix mal assurée.

Elle avait maigri depuis le début du voyage. Ses yeux cernés et ses joues creuses accentuaient sa fragilité naturelle. Elle n'en était que plus séduisante. La géante se dit, dans le secret de son âme, qu'elle aurait eu grand plaisir à la dévorer. La chair des patriciennes devait fondre dans la bouche. Ah ! comme elle aurait aimé lui arracher les seins à coups de dents, comme faisaient les lionnes lors des jeux du cirque lorsqu'on leur offrait des femmes en pâture.

Elle s'aperçut qu'elle tremblait et s'appliqua à se ressaisir. Son vieux vice revenait à la charge. Il y avait trop longtemps qu'elle n'avait plus goûté à la chair humaine. Le besoin s'en faisait sentir. Il deviendrait de plus en plus impérieux au cours des jours à venir.

— Oui, insista Hécatorius, si tu ne peux utiliser le miel, quelle solution proposes-tu ?

— La poudre d'or, fit Asklépios, le regard fuyant. Ce ne sera qu'un pis-aller mais Azzazêt devrait s'en contenter. Rappelez-vous, je vous avais conseillé d'en emporter... Y avez-vous pensé ?

Satané escroc ! pensa Junia. *Comme si tu ne t'en étais pas assuré !*

— Oui, oui... bredouilla Livia. Nous avons ce qu'il faut. Crois-tu que cela contentera le dieu ? Nous avons grand besoin de sa protection, tu le sais bien.

— Je vais organiser la cérémonie, déclara le Chaldéen d'un air compétent. Vous n'aurez qu'à suivre mes instructions. Nous allons dresser l'idole sur ce tertre, face au soleil. Junia m'y aidera.

La femme-jument dut se résoudre à obéir aux ordres de l'augure en dépit de l'envie qui la taraudait de lui fracasser la tête avec une pierre. Empoignant la statue à bras-le-corps, elle la porta au sommet de l'éminence rocheuse choisie par Asklépios. Là, elle la dressa dans la direction indiquée et entassa des cailloux à ses pieds pour l'empêcher de basculer à la première bourrasque.

Elle s'aperçut qu'elle évitait de croiser le « regard » du dieu. Les songes induits par la drogue continuaient à la hanter. Elle avait rarement rêvé de façon aussi réaliste. Elle savait que les Romains accordaient beaucoup d'importance aux manifestations oniriques, et qu'ils voyaient en elles des messages de l'au-delà expédiés par leurs ancêtres. Azzazêt était-il entré en contact avec elle ? Sous l'effet du miel sacré, avait-elle bénéficié, l'espace d'un moment, de cette lucidité qui était d'ordinaire l'apanage des prêtres ?

Quand elle se redressa, Asklépios avait déjà disposé sur un rocher plat les instruments purificateurs nécessaires à la cérémonie. S'étant aspergé d'eau lustrale, il passa une tunique de lin blanc, impeccable, avant d'enfiler divers bracelets et colliers en os sculpté. Puis il ordonna à Livia et à son fils de se déshabiller et de s'agenouiller devant l'idole. Après quoi, il les « purifia » en les aspergeant à leur tour d'eau claire et de sel. Junia dut faire un violent effort pour détacher son regard des beaux seins de Livia. Hécatorius n'était pas mal non plus, dans le genre jouvenceau, mais elle avait toujours préféré dévorer des femmes.

Asklépios fit face à l'idole et leva les bras au ciel.

— Azzazêt, lança-t-il d'une voix tonnante. Aujourd'hui est un jour important puisque tu vas faire connaissance de tes nouveaux maîtres. Je te présente Livia Andronica et son fils, Hécatorius, que tu vas devoir servir fidèlement et protéger des puissances obscures qui se déchaînent contre leur maison. En échange de ces services, Livia Andronica et Hécatorius s'engagent à t'honorer et à te nourrir comme tu le mérites. Tant que tu recevras d'eux le gîte et le couvert tu seras tenu de les servir et d'écarter de leurs têtes les ombres du malheur. Tant que ce contrat ne sera pas rompu, tu ne pourras en aucune façon t'emporter contre eux ou leur causer préjudice. Vous serez en quelque sorte serviteurs les uns des autres, chaque partie veillant au bien-être de l'autre.

Livia tremblait. Sa bouche tressautait, réprimant un sanglot nerveux. Tout son corps était couvert de chair de poule en dépit de l'affreuse chaleur de midi. Une expression d'égarement s'était plaquée sur son visage. Elle fixait Azzazêt dans les yeux, comme s'il lui était soudain donné de voir des choses qui, pour le reste des participants, demeuraient invisibles.

Asklépios continua à pérorer un moment encore. Sous les rayons du soleil, l'idole avait piteuse allure. La lumière du jour accentuait le réseau de fêlures qui la sillonnait. Elle avait l'air si fragile qu'on finissait par concevoir quelque doute quant à la formidable puissance censée y habiter.

Enfin, le Chaldéen baissa les bras et, se retournant vers Livia, demanda à voix basse :

— As-tu… la chose ?

La « chose », c'était le sac de cuir posé entre les genoux de la jeune femme. Le sac empli de paillettes d'or pur, et qui émettait des crissements métalliques dès qu'on le manipulait.

— C'est le moment, annonça Asklépios. Ton fils et toi allez vous approcher de l'idole. Hécatorius tiendra le sac, toi, tu puiseras dedans au moyen de cette cuiller d'obsidienne. Quand elle sera pleine, tu l'élèveras jusqu'à la bouche d'Azzazêt, pour y verser son contenu.

— *Combien de cuillerées doit-on lui donner?* s'enquit Hécatorius d'un air pincé.

Junia comprit qu'il calculait mentalement combien allait leur coûter ce repas en plein air.

Asklépios haussa les épaules.

— À toi de décider, fit-il d'un ton indifférent. Plus tu nourriras le dieu, plus tu seras protégé. Tout se monnaye, ici-bas comme dans l'au-delà. Je laisse cela à ton appréciation.

Le visage de l'adolescent se crispa. Sans doute venait-il de comprendre que son héritage risquait de disparaître jour après jour dans la panse de la statue. L'or était chose rarissime à Rome, peu de familles en détenaient. À travers les provinces les plus éloignées, les légions faisaient travailler des milliers d'esclaves pour arracher au sol les fameuses pépites dont dépendait l'avenir de l'Empire.

— Si… si nous avons besoin de récupérer cet or, bredouilla Hécatorius, pour une raison ou une autre… sera-t-il possible…

— Oui?

— Sera-t-il possible de… de renverser l'idole la tête en bas pour qu'elle rende ce qu'elle a avalé?

Livia eut une contraction de tout le corps.

— Hécatorius! gémit-elle, scandalisée. Comment oses-tu? *Azzazêt nous écoute!*

Le jeune homme baissa la tête, confus. On le sentait tiraillé par des sentiments contraires.

D'abord il n'a vu dans cette aventure qu'un formidable divertissement, pensa Junia. *Au fil du voyage, l'angoisse qu'il ressentait dans la maison maudite s'est peu à peu effacée... Il est inconstant, comme ceux de son âge. Aujourd'hui, il prend conscience que l'entretien d'Azzazêt risque de ruiner sa famille, et il commence à regretter de s'être lancé dans une telle entreprise.*

Dans l'espoir de compenser l'injure proférée par son fils, Livia saisit la cuiller et la plongea trois fois dans le sac de paillettes. La poussière d'or étincela au soleil. On l'entendit crépiter entre les flancs de la statue creuse quand la jeune femme la versa dans l'orifice tenant lieu de bouche à Azzazêt.

Ces trois cuillerées représentaient à elles seules une fortune. *De quoi acheter six chars de course et les chevaux qui vont avec...* estima la géante. Ce n'était pas rien. À ce rythme-là, la fortune de Livia Andronica risquait de fondre comme neige au soleil.

Asklépios toussota.

— Pour répondre à la question de ton fils, dit-il d'un ton empreint de gêne, *non*... il ne sera pas possible de récupérer l'or des repas en mettant la statue la tête en bas. Les offrandes sont immédiatement digérées par le dieu. À peine entre ses flancs, elles sont sublimées par la puissance qui dort au sein de l'idole. Azzazêt n'est pas une marmite qu'on remplit de sesterces et qu'on renverse lorsque le besoin s'en fait sentir[1].

1. Allusion à une comédie célèbre chez les Romains dans laquelle un avare utilise une marmite en guise de tirelire, et dont Molière s'est largement inspiré.

Livia pâlit. Hécatorius, estimant sans doute que le dieu avait fait bombance, s'empressa de nouer les cordons de la bourse.

— Voilà, conclut le Chaldéen, il faudra renouveler cette cérémonie tous les jours. En augmentant la fréquence des offrandes lorsque le danger se fera sentir. Désormais, Azzazêt vous reconnaît comme ses seuls maîtres. Le lien qui l'unissait aux prêtres du temple est rompu. Il ne leur obéira plus. Il cesse dès à présent de vous considérer comme des voleurs.

Livia hocha la tête. Elle semblait boire les paroles de l'augure. *Par les dieux*, songea Junia, *elle devait vivre dans la terreur... L'assassinat de son mari l'a véritablement effrayée. Elle a dû passer ses nuits dans la crainte que les statues maudites nous rattrapent.*

La cérémonie terminée, Livia et son fils se rhabillèrent avec des gestes maladroits. La jeune femme semblait dans un état second, l'adolescent de méchante humeur. Il y avait de quoi. Junia avait connu, en Égypte, des familles qui s'étaient ruinées pour payer les rites que leur cher défunt avait exigés par voie testamentaire[1]. Au fil des ans, la religion pouvait se révéler une pratique fort coûteuse.

Shagan, recroquevillé au cœur d'un buisson, avait observé la cérémonie d'un œil courroucé. Depuis son réveil, il ne décolérait pas. En ouvrant les yeux il s'était demandé ce qu'il fichait au milieu de ces étrangers dont il ignorait les noms. Ses pensées restaient confuses, traversées d'images effrayantes. Une seule conviction

1. Ces contrats étaient irrévocables ! Il n'était pas rare que la fortune du défunt y passe entièrement, suivie de près par celle de ses enfants. Suspendre les offrandes était un sacrilège inenvisageable.

l'habitait : la géante était son ennemie, elle l'avait empêché de se transformer en abeille. De cela il était certain, et il la haïssait. Sans elle, il aurait enfin pu échapper à ce corps infirme qu'il subissait depuis l'enfance comme une entrave. Elle était intervenue en pleine métamorphose, alors qu'il entamait son processus de renaissance. Il se rappelait avoir absorbé une substance magique… du miel ! Du miel sacré, l'aliment des dieux… Aussitôt, d'incroyables bouleversements s'étaient opérés en lui. D'instinct, il avait su qu'il allait cesser d'être un homme pour devenir une abeille… Oui, il allait rejoindre l'essaim, voler ! Voler dans le ciel au lieu de continuer à ramper sur le sol, comme une larve.

Hélas, la grosse femme était intervenue. Son irruption avait contrarié le rituel, la magie n'avait pas opéré… et il s'était réveillé, prisonnier de cette carcasse incomplète qu'il détestait par-dessus tout.

Il avait oublié jusqu'à son nom, certes, mais il était encore sûr d'une chose : il se vengerait. Il attendait la nuit avec impatience ; quand la géante serait endormie, il lui trancherait la gorge !

Ce fut une journée harassante, faite de chaleur et de poussière. Les bêtes comme les hommes mouraient de soif. On avançait dans l'espoir de voir se matérialiser la tache frémissante d'une mare, d'un étang, mais rien de tel ne se produisit. La campagne aride résonnait du bruissement des criquets. Les réserves d'eau s'épuisaient et les bœufs commençaient à trébucher. Il fallut s'arrêter, improviser un campement au milieu d'une plaine dépourvue du moindre arbuste et où il aurait été vain de chercher un pouce d'ombre.

Abrutis de fatigue, les voyageurs se tassèrent sous la toile du chariot. On distribua des éventails qui apportèrent peu de soulagement. Personne ne parlait. On accueillit le crépuscule comme une délivrance.

Encore une fois, Junia rêva du labyrinthe de marbre, des colonnades entre lesquelles elle titubait à la recherche d'une improbable sortie. À la surface des piliers, des reflets huileux se tortillaient tels des serpents lumineux. L'architecture du palais semblait liquide, comme si le bâtiment avait été construit à partir d'eau solidifiée. C'était absurde, bien sûr, mais on devinait que cette construction majestueuse pouvait d'un instant à l'autre perdre sa rigidité et s'abattre sur les épaules des visiteurs, se transformer en un raz-de-marée. Les frontons, les colonnes, les marbres se changeraient alors en vagues frangées d'écume qui déferleraient sur le promeneur imprudent, l'emportant dans leurs rouleaux.

Junia, oppressée, n'osait bouger, de peur de déclencher une catastrophe. Son instinct lui soufflait qu'il suffirait d'un rien pour que le palais se liquéfie.

Mais sa plus grande crainte était de voir s'allumer, dans les ténèbres de la salle, la chevelure de feu d'Azzazêt.

Tout à coup, un crépitement se fit entendre, et le dieu fut là. De courtes flammes dansaient sur sa tête sans qu'il en soit incommodé. Cette impossible chevelure avait tantôt la teinte de l'or, tantôt celle du cuivre. Quant à l'expression de la créature, elle oscillait entre la joie puérile et la méchanceté.

— Tu es revenu… soupira Junia. Tu vas continuer à me poursuivre encore longtemps ? Pourquoi t'acharnes-tu sur moi ?

— Parce que tu es la seule capable de me comprendre, ricana Azzazêt. Il y a du monstre en toi, et les dieux aiment ce qui sort de l'ordinaire. (Il pouffa de rire à la façon d'un adolescent et reprit :) Tu les as vus, ce matin, prosternés devant moi, sur la colline ? Quelle pitoyable pantomime ! Comme si je pouvais être dupe de telles simagrées. Il m'a suffi d'un coup d'œil pour lire dans leur cœur, dans leurs têtes. Je n'ignore rien de leurs pensées les plus secrètes. Asklépios n'est qu'une canaille, qu'un escroc. Il n'a jamais cru en moi. Il a monté cette expédition dans l'espoir d'extorquer le plus d'or possible à ces deux Romains si crédules. Dès qu'il sera seul avec ma statue, il s'empressera de la retourner pour récupérer la poudre d'or contenue entre ses flancs. Il espère ainsi amasser une fortune avant la fin du voyage… Mais tu t'en doutais déjà, bien sûr, je ne t'apprends rien. Livia… Livia c'est autre chose. Je la fascine. Elle n'a pas fait l'amour depuis très longtemps. Son mari ne la touchait plus, il préférait prendre son plaisir avec les esclaves. Elle n'aime pas les hommes faits, velus, braillards, brutaux… Elle leur préfère les éphèbes, doux, imberbes… si proches des filles. Elle se sent en sécurité avec eux, elle se dit qu'elle pourra les commander dans le plaisir, leur imposer ses caprices. Dès qu'elle m'a vu, son ventre s'est liquéfié. Je suis ce qu'elle a toujours rêvé de posséder. Un grand trouble s'est emparé d'elle. Elle en a honte. La nuit, elle rêve de moi. Je m'introduis dans son esprit pour le remplir d'images érotiques qui la font se réveiller, trempée et le ventre en feu… C'est amusant. J'ai hâte de m'incarner pour jouer avec elle. Elle est déjà prête à tout, je la ferai danser comme une marionnette…

« Son fils, Hécatorius, est également drôle, mais dans un autre genre. Ce matin, il a commencé à me détester. Jusqu'à présent il n'avait jamais réalisé ce que ma protection allait leur coûter, et maintenant il regrette amèrement de s'être lancé dans l'aventure. Je vais le ruiner. Ce sera sa punition pour un tel manque de foi. J'exigerai chaque jour un peu plus d'or. S'ils veulent que je tienne à distance les puissances obscures qui leur veulent du mal, ils devront vendre leurs terres, leurs esclaves, leurs villas. Je les vois assez bien finir dans une cahute, comme des paysans. Ils n'auront plus d'or à m'offrir, alors, et s'ils veulent encore que je les protège, ils devront me donner du sang, leur propre sang. J'imagine Hécatorius se tranchant les doigts, phalange après phalange, et glissant, au fil des jours, ces petits moignons dans ma bouche. Oui, j'avoue que ce serait assez drôle.

— Tu es mauvais… siffla Junia.

Azzazêt haussa les épaules.

— Je suis un dieu, que veux-tu? soupira-t-il. La toute-puissance est un vice. Elle vous donne envie d'aller toujours plus loin… Comment résister au plaisir de voir jusqu'où ira la veulerie des humains? Les hommes sont là pour nous distraire. Ce sont de curieuses petites poupées livrées à notre bon vouloir. Cette pantomime absurde qu'ils appellent « la vie » n'a d'autre fonction que de nous amuser, nous les dieux, voilà pourquoi elle tourne souvent à la farce tragique, comme au théâtre. Vous êtes là pour nous désennuyer… rien d'autre.

— Et moi? trancha Junia. Qu'as-tu prévu pour moi?

— Je ne sais pas encore, avoua Azzazêt. Je n'ai encore rien décidé. Tu es le personnage le plus intéressant de cette pièce. Je te verrais assez bien dévorant Livia et son fils… Oui, c'est une belle idée. J'ai très envie d'allumer en toi un appétit auquel tu ne pourras résister. Je vois quelque chose d'apocalyptique. Dans la villa familiale… Toi, couverte de sang, brandissant dans chaque main un membre arraché à l'une de tes victimes, la bouche pleine de la chair d'une autre… et les légionnaires forçant la porte de la demeure. Oui. Ils t'encerclent, ils t'embrochent à grands coups de *pilum*, comme on achève un fauve dans l'arène. Ne serait-ce pas une fin digne de toi ? Mais il faut que j'y travaille encore, pour l'améliorer.

— Rien de tout cela n'arrivera, lança Junia. Tu n'existes pas, tu n'es qu'un rêve.

— En es-tu vraiment sûre ? chuinta Azzazêt. À ta place, je n'en mettrais pas ma tête à couper. D'ailleurs je puis aisément te le prouver.

— Comment ?

— En ce moment, ton ami Shagan rampe vers toi, un couteau à la main dans l'intention de t'égorger. Je pourrais le laisser faire, mais cela me priverait d'une compagne de jeu dont je compte tirer grand plaisir. Je vais te sauver la vie sans rien te demander en échange.

— Tu dis n'importe quoi…

— Non, réveille-toi si tu veux vivre. MAINTENANT !

Junia ouvrit les yeux au moment même où Shagan levait son poignard. Sans prendre le temps de réfléchir, elle frappa le cul-de-jatte en pleine poitrine, l'envoyant rouler dans la poussière où il demeura sans connaissance.

Craignant de l'avoir tué, elle se pencha sur lui pour lui confisquer le couteau et vérifier que son cœur battait toujours.

Il était vivant. Par mesure de prudence, Junia décida de le ligoter.

Un peu plus tard, elle entendit rire dans les ténèbres. Un rire d'adolescent. Insolent. Qui venait de nulle part.

12

Le lendemain matin, aux premières lueurs de l'aube, ils furent réveillés par les cris stridents de Livia Andronica. Junia se dressa, la dague au poing, déjà prête à repousser une attaque. L'espace d'un instant, elle crut que Shagan avait réussi à se libérer pendant la nuit, et qu'il en avait profité pour assassiner Asklépios ou Hécatorius. Dans son état, tout était à craindre.

Un coup d'œil lui suffit pour vérifier que le cul-de-jatte était toujours ligoté près du feu de camp. De quoi s'agissait-il alors ?

Junia bondit dans le chariot et s'immobilisa, frappée de stupeur. Livia Andronica, les yeux fous, contemplait un jeune homme nu allongé sur un tas de chiffons. La géante supposa qu'il s'agissait d'Hécatorius. Était-il mort ? Puis elle réalisa que le fils de Livia se tenait en ce moment même derrière sa mère, en proie lui aussi à une surprise mêlée de terreur. Qui donc, dans ce cas…

Elle fit un pas en avant. Alors seulement elle prit conscience que l'idole de terre cuite avait disparu et que l'éphèbe nu occupait sa place, au milieu du berceau de charpie où on l'installait chaque soir.

Asklépios leva les mains, lui signifiant de ne plus bouger. Sa bouche tremblait, il paraissait près de s'évanouir.

Junia baissa enfin les yeux sur l'inconnu. Malgré la pénombre elle reconnut immédiatement cette chevelure bouclée aux reflets de cuivre, ce visage de faune…

C'était…

C'était Azzazêt.

— Il s'est incarné… haleta Asklépios. C'est la première fois que j'assiste à un tel miracle. Ne le touchez surtout pas, vous pourriez tomber foudroyés. Les dieux sont pleins d'une énergie comparable à celle de la foudre. On peut s'enflammer en posant la main sur eux.

Il bredouillait, dépassé par les événements, ébauchant dans l'air des signes rituels compliqués.

— Descendons du chariot, haleta-t-il. Il faut lui donner le temps de se réveiller… et de refroidir.

Junia demeura figée, scrutant les traits de l'adolescent endormi.

Pourquoi restes-tu ainsi, à bayer aux corneilles ? souffla une voix au fond de sa tête. *Ne t'avait-il pas avertie qu'il s'incarnerait bientôt ?*

Asklépios la secoua pour la tirer de son hypnose et l'inviter à descendre du chariot. Elle lui obéit à regret. Le Chaldéen ne savait manifestement quelle attitude adopter. La métamorphose de l'idole l'avait pris de court. Petit escroc sans envergure, il n'avait jamais prévu qu'une telle chose pourrait se produire. À présent, soucieux de ne pas trahir ses véritables motivations, il essayait de faire bonne figure en jouant les spécialistes bien informés.

— C'est… c'est un grand moment… bafouilla-t-il, les yeux hagards. Peu d'humains à ce jour ont eu l'honneur et le privilège d'assister à un tel miracle…

Il ne cessait de jeter des coups d'œil terrifiés par-dessus son épaule, craignant sans doute qu'Azzazêt ne l'empoigne par la peau du dos pour exiger des comptes. S'il en avait eu la force, il se serait enfui en courant.

Livia et son fils, très pâles, se soutenaient mutuellement. La jeune femme respirait par la bouche grande ouverte, comme si elle était en train de se noyer. Elle fixait le chariot, s'attendant à le voir disparaître au milieu des éclairs.

— Il… il y a des règles à observer, reprit Asklépios. Au… au cours des premières heures, il sera dangereux de l'approcher… Je vous l'ai dit. Vous pourriez être changés en torches vivantes rien qu'en l'effleurant du bout des doigts… S'il ouvre la bouche pour parler, bouchez-vous les oreilles, car le son de sa voix vous rendra sourd. Même chose en ce qui concerne ses yeux. Ne le regardez pas en face, vous deviendriez aveugle… Il faut attendre que l'énergie divine dont il est imprégné s'évapore. Cela prendra un moment. Ensuite… ensuite il sera comme tout le monde. Du moins je l'espère. Ne commettez pas d'imprudence. Dans un premier temps, nous nous contenterons de l'observer de loin.

— Pourquoi s'est-il incarné ? demanda Livia d'une voix vibrante d'exaltation. Je croyais qu'il resterait toujours une statue.

Le Chaldéen haussa les épaules. De toute évidence, il ne savait que dire. La métamorphose d'Azzazêt contrariait ses plans.

— Qui peut savoir ? soupira-t-il. Les dieux sont capricieux… Leurs motivations profondes nous échappent. Peut-être tient-il à rencontrer ses nouveaux maîtres ?

Il improvisait, dissimulant mal sa confusion.

Tous s'agenouillèrent dans la poussière, les yeux tournés vers le chariot. Une heure s'écoula sans qu'une parole soit prononcée. Finalement, le Chaldéen se redressa pour entraîner la géante à l'écart.

Quand il fut certain que leurs commanditaires ne pouvaient les entendre, il murmura :

— Je suis inquiet ; personne ne peut prévoir ce qui va arriver… Les dieux ne respectent aucune des lois humaines, ils n'obéissent qu'à leur fantaisie. Azzazêt peut fort bien se jeter sur nous, démembrer Hécatorius, violer Livia… l'engrosser… ou… ou…

— Calme-toi, fit Junia d'une voix sourde. Attendons. Nous verrons bien ce qui se passera. Tu veux t'enfuir ? Personne ne te retient. Tu nous chantes les louanges d'Azzazêt depuis des semaines, et voilà soudain qu'il te terrifie. Curieux, non ?

— Tu ne peux pas comprendre ! protesta Asklépios. Je parlais de l'idole… *Là, c'est autre chose.* Je manque de références. Qui peut se vanter d'avoir vécu ce que nous sommes en train de vivre, à part les héros d'Homère, hein ?

— Calme-toi, répéta Junia. Que sais-tu des dieux qui se transforment en hommes ? Conservent-ils leurs pouvoirs ?

— On le dit, bredouilla le devin en se passant la main sur le visage. Toutefois, les écrits des sages avancent qu'ils deviennent mortels tout le temps qu'ils s'obstinent à demeurer dans le corps d'un humain. C'est pourquoi il est si rare qu'une divinité descende parmi nous. Les risques sont trop grands de ne pouvoir regagner l'Olympe… Il faut qu'ils soient poussés par un terrible désir pour accepter de mettre en péril leur immortalité.

— Un désir ? grogna la géante. De quoi parles-tu ?

— Zeus l'a fait plusieurs fois pour posséder une femme qu'il convoitait, haleta le Chaldéen. Il est possible qu'Azzazêt ait envic dc Livia… ou d'Hécatorius… Je ne sais pas. Tout est possible.

— Qu'arrivera-t-il s'il s'unit à Livia ?

— Il la fécondera, à coup sûr. Si elle a de la chance, elle donnera naissance à un héros… un demi-dieu comme Hercule…

— Pourquoi dis-tu « si elle a de la chance » ?

— Parce que la plupart du temps ces grossesses n'arrivent jamais à terme. Les femmes meurent, détruites par la créature qui pousse en elles, les entrailles brûlées. Il faut être d'une certaine trempe pour porter la progéniture d'un dieu, ce n'est pas donné à n'importe quelle femelle. Le feu et la neige ne peuvent cohabiter. C'est ainsi. Il y a eu des exceptions, bien sûr, mais elles sont rares. Les légendes se gardent de mentionner toutes les filles qui sont mortes d'avoir été fécondées par un habitant de l'Olympe.

Asklépios eut un geste d'impuissance.

— Je ne puis t'en dire davantage, gémit-il. Tout cela me dépasse. Si nous étions sensés nous prendrions la fuite.

Junia l'empoigna par le devant de sa tunique.

— Pas question, rugit-elle. C'est toi qui nous as flanqués dans ce pétrin… À toi de nous en sortir. Si tu fais mine de décamper, je te tranche les jarrets.

D'une bourrade, elle le força à rejoindre Livia et son fils qui, agenouillés dans la poussière, n'avaient cessé de fixer le chariot.

La géante s'assit sur un rocher pour tenter de mettre de l'ordre dans ses pensées. Si Azzazêt était vulnérable tant qu'il était changé en homme, on pouvait peut-être envisager de le tuer s'il se conduisait mal.

Sans doute, objecta une voix dans sa tête, *mais te crois-tu réellement assez forte pour assassiner une divinité ?*

Tout cela était très compliqué. Junia aurait aimé en parler avec Shagan, hélas, celui-ci s'obstinait à rouler des yeux fous en montrant les crocs comme un chien enragé.

Enfin, aux alentours de midi, un gémissement s'éleva du chariot, arrachant un sursaut à tout le monde.

Livia Andronica se releva d'un bond.

— Il est malade… haleta-t-elle. Il a besoin d'aide… Il faut que quelqu'un y aille.

— Mère ! Non ! protesta Hécatorius, devinant ce que Livia s'apprêtait à faire.

— Ne soyez pas couards ! s'emporta la jeune femme. S'il avait voulu nous détruire il l'aurait déjà fait !

Et elle courut vers le chariot.

Avec un instant de retard, Junia, Hécatorius et Asklépios s'élancèrent à sa poursuite mais elle se hissait déjà dans le véhicule. Quand ils la rejoignirent, ce fut pour la trouver agenouillée au chevet de l'éphèbe, lui soutenant la tête pour essayer de le faire boire.

Quand l'eau coula du gobelet, la géante crut que de la vapeur allait fuser en chuintant d'entre les lèvres d'Azzazêt, mais rien de pareil ne se produisit. Le jeune homme nu semblait faible et incapable de s'exprimer autrement qu'au moyen de gestes ou de gémissements. Livia, s'enhardissant, le serra contre son sein.

— Il conviendrait de le couvrir, mère, suggéra Hécatorius que la vue du pénis d'Azzazêt semblait gêner.

On tira une tunique propre d'un coffre et l'on entreprit de l'enfiler à l'étrange nouveau-né. Ce ne fut pas sans mal. L'éphèbe était dépourvu de forces et n'arrivait même pas à s'asseoir. Les yeux fermés, il se laissait aller contre le sein à demi découvert de Livia Andronica.

— L'énergie de la métamorphose s'est évaporée, murmura Asklépios en lui touchant l'épaule du bout de l'index. Je pense qu'on peut désormais l'approcher sans danger.

Il essayait de reprendre l'initiative mais personne ne prêtait attention à ses propos.

Au cours des heures qui suivirent, rien de nouveau ne se produisit, si ce n'est que l'éphèbe réclamait souvent à boire. Livia s'empressait de lui donner satisfaction, pour lui essuyer ensuite les lèvres d'un revers de main très doux.

— Peut-être préférerait-il la poudre d'or ? suggéra la géante avec perfidie.

Asklépios sursauta.

— Non ! hoqueta-t-il. Quand un dieu s'incarne il faut le désaltérer et le nourrir comme n'importe quel humain. Ses besoins sont identiques aux nôtres.

Comme pour lui donner raison, Azzazêt urina tout à coup, inondant l'entourage d'un jet vigoureux. Cette opération parut l'amuser prodigieusement car il éclata de rire et considéra son pénis avec curiosité.

— Il fait l'apprentissage de la condition humaine, crut utile d'expliquer Asklépios. Cela nécessitera quelque patience de notre part.

Il ne se trompait pas, car Azzazêt occupa l'heure qui suivit à boire et à pisser, comme si c'était là la chose la plus drôle du monde. Chaque fois qu'il vidait sa vessie, il éclatait du même rire enfantin. L'odeur d'urine devenant intolérable, Asklépios, Hécatorius et la géante descendirent du chariot. Seule Livia ne bougea pas, au grand agacement de son fils qui se mit à donner des coups de pied dans les cailloux.

Un peu plus tard, on découvrit qu'Azzazêt ne savait pas marcher. Il fallut le descendre du véhicule pour permettre à Livia Andronica de lui apprendre les rudiments de cet art si nécessaire aux simples mortels incapables de voyager à travers les airs.

La jeune femme prenait un plaisir non dissimulé à cet apprentissage. Elle riait et encourageait l'éphèbe dont les jambes molles décrivaient parfois des courbes hasardeuses. Le dieu lui faisait écho, éclatant de ce rire juvénile que la géante avait cru entendre résonner dans la nuit.

Par bonheur, Azzazêt apprenait vite; il sut bientôt se tenir sur ses deux pieds sans l'aide de personne. Il continuait cependant à uriner à tout va, et sans prendre la peine de soulever sa tunique. Livia lui enseigna également cela, sans gêne aucune. Elle aussi, d'une certaine manière, semblait transformée.

Quand la nuit tomba, Azzazêt avait enfin acquis le contrôle de son corps. Il parvenait à boire tout seul au gobelet sans se verser le liquide dans l'oreille, et tout le monde en fut soulagé.

On le fit asseoir près du feu de camp. Personne n'osait encore lui poser de question. On s'attendait à ce qu'il accomplisse un miracle, saisir une braise et la manger, par exemple... mais il ne fit rien de semblable. Sans doute n'éprouvait-il pas le besoin de prouver son identité.

— Je crois qu'il veut nous écouter parler, suggéra Livia. Il ne maîtrise pas encore le langage. S'il voit nos lèvres remuer, il apprendra à se servir de ses cordes vocales. C'est tout ce qui lui manque encore. Je vous en prie, parlez de n'importe quoi au lieu de le dévisager, vous allez le mettre mal à l'aise !

Asklépios se lança alors dans un discours ampoulé sur les mérites de la philosophie. Quand il eut épuisé le sujet, il proposa de réciter quelques odes. Livia suggéra à son fils, qui avait une belle voix, de chanter. Hécatorius s'exécuta de mauvaise grâce. Il chantait effectivement fort bien. Cela parut ravir Azzazêt qui lui posa la main sur la gorge pour sentir la vibration de ses cordes vocales. Hécatorius s'écarta avec dégoût, puis rougit. Sa mère, désirant minimiser l'impair, s'empara de la main du dieu pour la poser sur son propre cou, puis se mit à chanter. La géante remarqua qu'elle rougissait, sans que cela paraisse dû à la chaleur du feu.

— Combien de temps va-t-il habiter cette peau d'homme ? demanda la femme-jument en se penchant vers le Chaldéen.

— Pas longtemps, je suppose, murmura le devin. C'est très dangereux pour lui de s'exposer ainsi. Il pourrait être mordu par un serpent et mourir. Voilà pourquoi les dieux ne font que de brefs passages sur la terre. Zeus, pour sa part, n'y séjournait guère que le temps d'un coït.

Azzazêt finit par manifester des signes de fatigue. Avec des gestes, il fit comprendre à l'assemblée qu'il souhaitait dormir. Il souriait, de ce sourire lénifiant qui ne l'avait pas quitté de la journée. Toutes ses expressions étaient exagérées, comme s'il éprouvait de la difficulté à maîtriser les codes en usage chez les mortels. Cela le conduisait à grimacer à la façon d'un bouffon. Livia s'en amusait. Du bout des doigts, elle corrigeait la physionomie d'Azzazêt, diminuant la cambrure de ses sourcils, lui enjoignant de ne pas tant écarquiller les yeux. À la voir ainsi triturer le visage du dieu, on eût dit qu'elle modelait une tête d'argile dans l'intention d'en tirer un buste de marbre.

On décida d'aller se coucher. Junia demeura près du feu, en sentinelle, mais céda bientôt au sommeil. Depuis son empoisonnement, elle ne parvenait plus à veiller comme elle en avait jadis l'habitude. Ses paupières se fermaient toutes seules dès qu'elle cessait de s'agiter et il lui arrivait de s'assoupir au cours de la journée. Le poison du miel sacré coulait toujours dans ses veines, l'affaiblissant. L'énergie lui faisait défaut, ses idées s'épaississaient comme l'huile en hiver. Si elle ne guérissait pas bientôt, elle finirait par devenir une cible facile pour ses ennemis.

Tu ferais mieux d'abandonner le métier, lui souffla la voix de la sagesse. *Les mercenaires usés ne font pas de vieux os.*

Aucun rêve ne vint la visiter. Elle dormit jusqu'au matin d'un sommeil de bête fourbue dont elle s'éveilla la tête lourde et douloureuse. Elle se dressa aussitôt, alertée par la sensation d'une présence étrangère aux alentours. La main posée sur sa dague, elle put vérifier que son instinct ne l'avait pas trompée. Un groupe d'hommes et de femmes en guenilles se tenaient agenouillés à quelque distance du campement, dans une attitude de dévotion. Ils inclinèrent la tête dès que la géante eut bondi sur ses pieds.

Junia se dépêcha de donner l'alerte. Asklépios s'approcha en titubant, le visage défait par le sommeil.

— Des paysans… marmonna-t-il. Je vais voir ce qu'ils veulent. Pas la peine de les effrayer, des brigands nous auraient déjà tranché la gorge.

Quand il s'approcha d'eux, les inconnus multiplièrent les courbettes avant de se lancer dans une discussion véhémente. Ils faisaient beaucoup de gestes en désignant le chariot.

Le Chaldéen regagna le bivouac, le visage soucieux.

— Ce sont des paysans d'un hameau voisin, Salgado, grogna-t-il. Ils prétendent qu'un agneau à deux têtes est né cette nuit. L'une de ces têtes s'est mise à parler comme un homme et leur a révélé qu'un dieu s'était incarné. Elle leur a ensuite indiqué où ils pourraient nous trouver… Je crois qu'ils disent la vérité.

— Que veulent-ils ? s'impatienta Junia.

— Que nous nous rendions dans leur village. Ils ont préparé une fête et des offrandes. Difficile de refuser, ils pourraient mal le prendre et nous faire un mauvais sort. Ce sont des gens frustes, violents.

La géante haussa les épaules. Les provisions s'épuisaient, ce serait l'occasion de les renouveler.

— D'accord, dit-elle, allons-y, j'en ai assez de manger du pain rassis arrosé d'huile[1].

Guidés par les gueux, ils se dirigèrent vers le hameau de Salgado, si petit qu'il ne figurait sur aucune carte. Junia découvrit qu'il se composait d'une dizaine de méchantes baraques. Elle dénombra plus de poules que d'habitants. Ceux-ci se massèrent autour du chariot avec une expression avide et apeurée. L'assemblée comptait une trentaine d'individus. Hommes et femmes étaient d'une saleté repoussante. Ensemble, ils puaient comme l'enfer.

Junia se demanda si elle aurait la force de les repousser au cas où les choses tourneraient mal. Confirmant ses craintes, Asklépios lui chuchota à l'oreille :

— Reste sur tes gardes. Difficile de prévoir quelle idée saugrenue peut éclore dans la cervelle de ces bougres. Ils pourraient se mettre en tête de s'approprier Azzazêt, et nous trancher la gorge.

Il avait raison. Un village qui pouvait s'enorgueillir d'être le fief d'une divinité capable d'accomplir des

1. Ce « plat » constituait en fait l'ordinaire des Romains pauvres.

miracles ne tardait pas à s'enrichir. Il n'était pas impossible que les paysans de Salgado y aient réfléchi au cours de la nuit. Cette invitation pouvait cacher un piège.

Junia décida de demeurer sur le qui-vive et de frapper fort au moindre signe de menace. Elle avait appris que tout se joue au premier coup. Une cruauté excessive frappe l'imagination et peut faire reculer l'ennemi. Une fois, elle avait mis en déroute une bande de brigands en tranchant la tête de leur chef. Elle avait ensuite ramassé le macabre débris en l'empoignant par les cheveux pour l'embrasser longuement sur la bouche avec des grognements amoureux. Ce comportement contre nature avait horrifié les sicaires qui s'étaient enfuis sans demander leur reste.

Il fallut se résoudre à exhiber Azzazêt, ce que Livia Andronica n'accepta qu'avec répugnance. Cette plèbe haillonneuse la dégoûtait. Elle avait beau se forcer à sourire, le mépris se lisait dans ses yeux aussi aisément qu'une inscription au fronton d'un temple.

La populace ne manquerait pas de s'en apercevoir, cela ne promettait rien de bon.

Quand Azzazêt parut, le silence se fit, et les paysans s'agenouillèrent. Tous possédaient chez eux une reproduction grossière de l'idole détenue par les prêtres, ils n'eurent donc aucun mal à reconnaître dans les traits de l'éphèbe aux cheveux de cuivre ceux du dieu protégé par les abeilles.

Un vieillard se leva le premier. Il s'agissait d'un certain Pomcrius, le chef du village, un ancien légionnaire ayant jadis combattu les Germains, et tombé depuis dans la misère, comme cela arrivait souvent aux soldats ayant pris leur retraite.

Couvert de cicatrices, il semblait posséder une réelle autorité sur ses administrés.

Azzazêt descendit du chariot. Il souriait mais ne parlait toujours pas. On le conduisit sur la place principale où on le fit asseoir sur un fauteuil de paille tressée. On se dépêcha de lui montrer l'agneau à deux têtes qui avait annoncé sa venue. Hélas, la bête miraculeuse était morte sitôt la prédiction prononcée. L'éphèbe eut l'air amusé. De temps à autre, il agitait les mains sans qu'on puisse déterminer le sens de cette gesticulation.

Tout le monde dut s'asseoir dans la poussière. Les jeunes filles du village se prosternèrent alors aux pieds du dieu en lui apportant des présents. Ceux-ci restaient modestes : des galettes de froment, de l'huile d'olive, de la viande séchée, des étoffes teintes à la racine de garance. Étant donné le maigre train de vie des villageois, ces présents avaient une grande valeur à leurs yeux ; s'en défaire équivalait à un réel sacrifice.

Azzazêt souriait à chaque offrande. Une fois, il esquissa un geste en direction d'une jeune paysanne agenouillée, mais l'adolescente fit un bond en arrière, terrifiée à l'idée d'être touchée par un dieu. Sans doute lui avait-on raconté que ses doigts la brûleraient tel un fer sorti de la forge.

Il y eut des chants, des danses maladroites. Il faisait chaud et les mouches étaient nombreuses.

Junia s'impatientait. Elle craignait que les paysans ne s'étonnent du mutisme d'Azzazêt. Comme tous les êtres frustes, ils allaient bientôt s'enhardir, se montrer insolents. L'apparence du dieu n'inspirait pas, il est vrai, la terreur. Les rares jeunes filles du hameau le couvaient déjà d'un œil gourmand.

Ce qui devait arriver arriva.

La cérémonie des offrandes achevée, deux hommes s'en allèrent quérir au fond d'une cabane une civière sur laquelle se trouvait allongée une femme paralysée. Avec beaucoup de respect, Pomcrius supplia Azzazêt de lui rendre l'usage de ses jambes. En échange, promettait-il, il sacrifierait deux moutons, ce qui, pour la communauté de Salgado, représentait une perte non négligeable. Il usait de formules alambiquées mêlant respect, supplications… et menaces voilées.

Si Azzazêt rate son miracle, nous sommes fichus, se dit la géante. *Ces pouilleux vont nous mettre en pièces.*

Asklépios partageait ses craintes car, lorsqu'il entendit la supplique, sa nervosité devint évidente.

On déposa la civière au pied du trône de paille tressée. La malade, n'osant soutenir le regard du dieu, gardait les paupières closes, mais, au tremblement qui l'agitait, on voyait qu'elle avait toute sa connaissance.

Junia posa discrètement la main sur le pommeau de son glaive, se préparant au pire. Elle avait décidé de faire de Pomcrius sa première victime, avec l'espoir que la mort de l'ancien légionnaire remplirait les paysans de terreur. Elle le frapperait au sommet de la tête. Un coup vertical asséné avec toute la force dont elle serait capable. Si elle trouvait le bon angle, elle diviserait la tête en deux parties égales, comme une pastèque. Du front jusqu'aux épaules. Elle avait déjà réussi plusieurs fois ce coup-là, dans le passé. La figure, fendue de haut en bas selon une plaie rectiligne, s'ouvrait alors à la manière d'un fruit mûr, chaque partie se rabattant sur une épaule, de part et d'autre de la colonne vertébrale. L'effet était assez stupéfiant, surtout lorsque la langue s'agitait encore dans les spasmes de l'agonie.

Oui, il y avait fort à parier que, à la vue d'un tel spectacle, la population s'égaillerait sans demander son reste.

Azzazêt ne disait toujours rien. Penché vers la civière, il se contentait de fixer la femme tremblante avec un regard hypnotique.

Il faisait de plus en plus chaud. Les mouches bourdonnaient de plus en plus fort. La géante sentait la sueur couler le long de son échine. L'instant s'éternisait. L'éphèbe aux cheveux de cuivre ne bougeait plus, à croire qu'il était en train de redevenir statue. Même Shagan, toujours garrotté, avait cessé de grogner.

Les paysans agenouillés commençaient à échanger des regards sournois et perplexes. Prompts à croire, ils étaient tous aussi prompts à douter. C'était là une caractéristique de la plèbe avec laquelle les politiciens de Rome avaient toujours dû composer.

C'est fichu, songea Junia. *Il n'y a plus qu'une chose à faire : tuer Pomcrius avant qu'il se mette en colère.*

Lentement, ses doigts se refermèrent sur la poignée du glaive en une prise solide.

Au même instant, la malade émit un glapissement aigu et ouvrit les yeux. Elle dit quelque chose que Junia ne comprit pas, puis s'assit sur son brancard en appelant les villageois à l'aide. Deux femmes se précipitèrent pour la saisir sous les aisselles et la mettre debout. Quelques secondes plus tard, la miraculée commençait à clopiner, le visage illuminé par une expression extatique.

Ce fut une explosion de joie.

Junia n'osait en croire ses yeux. Ses doigts moites s'écartèrent du glaive. La femme en guenilles, elle, continuait à trottiner en poussant des cris d'exaltation.

Alors, seulement, Junia s'avisa qu'Azzazêt était baigné de sueur et qu'il semblait près de perdre connaissance. L'effort fourni pour réaliser ce miracle l'avait épuisé. Junia scruta la peau de l'éphèbe, s'attendant à la voir prendre la consistance de l'argile. N'était-ce pas ce qui arrivait quand le dieu avait consommé toute l'énergie contenue dans son enveloppe d'emprunt ?

Le reste de la journée s'écoula en festivités stupides et interminables. Ils durent écouter poliment Pomcrius qui s'était lancé dans l'évocation de ses campagnes en Germanie, avant d'apprendre dans quelles conditions il avait fui Rome pour fonder cette communauté agricole qui survivait à grand-peine et semblait, jusqu'à aujourd'hui, oubliée des dieux.

Encouragés par le soliloque du patriarche, les habitants de Salgado se sentirent obligés de l'imiter et entamèrent chacun le long exposé de leurs malheurs.

Le crépuscule survint sur ces entrefaites. On alluma des feux et l'on mit à tiédir dans la braise des amphores remplies d'un vin parcimonieusement produit par la vigne plantée aux abords du village.

Asklépios cherchait désespérément à prendre congé. Une longue route les attendait, ne cessait-il de répéter. Ils devaient penser à se remettre en marche… Pomcrius fit la sourde oreille.

Junia commençait à soupçonner quelque traquenard. Les villageois n'envisageaient-ils pas de les saouler afin de leur couper plus commodément la gorge ? Elle s'en ouvrit au Chaldéen qui accueillit cette hypothèse avec une angoisse non dissimulée.

— Je partage ton avis, chuchota-t-il en s'épongeant le front. Il faut trouver le moyen de prendre la fuite. Je n'aime pas l'insistance avec laquelle ils cherchent à nous retenir. Ils ont des trognes de bandits de grands chemins…

Il hésita avant d'ajouter, un ton plus bas :

— Je ne voudrais pas manquer de respect à Azzazêt, mais je nourris quelque crainte quant à l'efficacité de son miracle. Imagine ce qui se passerait si la femme qu'il a guérie perdait soudain l'usage de ses jambes… Ou si elle s'enflammait spontanément. On raconte que certains humains ne sont pas capables de supporter les interventions divines… Que les miracles les détruisent… Si cela se produisait, ces gueux nous lapideraient sans hésiter.

Durant le banquet, la géante s'abstint de toucher au vin. Elle s'agaça de voir Livia Andronica nourrir Azzazêt comme un enfant en bas âge, allant jusqu'à lui glisser de menus lambeaux de viande rôtie dans la bouche.

Brusquement, elle réalisa qu'elle était amoureuse de cette femme. Qu'elle enviait sa minceur, son élégance, sa beauté… Le moindre de ses gestes respirait la grâce. Comme chaque fois qu'elle était la proie d'une excitation amoureuse ou sexuelle, la géante fut submergée par une fringale atroce. Un désir irrépressible de mâcher à belles dents de la chair humaine.

Un brouillard de sang troubla sa vision. Elle sut que si elle ne quittait pas le festin au plus vite, elle commettrait un acte abominable dont toute l'assemblée serait témoin.

Titubante, elle s'éloigna dans la nuit, entre les cahutes. On crut qu'elle allait vomir ou se soulager, et personne n'essaya de la retenir. Elle marchait d'un pas vif, sans même savoir où elle allait.

Le hasard la conduisit près d'un enclos où bêlaient des brebis. Sans réfléchir, elle empoigna l'une d'elle et la mordit à la veine jugulaire. Quand le sang coula sur sa langue, l'image de Livia Andronica explosa sous ses paupières. Junia crut défaillir.

Pomcrius finit par s'écrouler le premier, foudroyé par le mauvais vin. La géante, qui avait regagné le festin après s'être nettoyée en hâte à la fontaine, en profita pour donner le signal du départ.

Azzazêt était si fatigué qu'il se révéla incapable de marcher jusqu'au chariot. Il fallut l'y porter comme un enfant.

Abrutis par l'ivresse, les villageois les regardèrent s'éloigner sans esquisser un geste pour les retenir.

— J'ai bien cru que notre dernière heure était arrivée, soupira Asklépios, la barbiche encore tremblante.

Ils avancèrent à marche forcée pour s'éloigner le plus possible du village. Quand ils s'estimèrent en sécurité, ils s'arrêtèrent dans un bosquet pour dormir un peu.

Une fois de plus, la géante fut réveillée quelques heures plus tard par un cri de Livia Andronica.

Azzazêt avait perdu son apparence humaine. Couché dans son berceau de charpie, il était redevenu statue d'argile.

13

Livia Andronica réagit fort mal à cette nouvelle métamorphose. Quand la géante s'approcha du chariot, la patricienne était couchée de tout son long sur l'idole dont elle caressait le visage comme elle l'aurait fait avec celui d'un amant. Hécatorius, honteux, essaya de l'arracher à cette étreinte, mais elle le repoussa. Elle pleurait, et gémissait, murmurant des propos incohérents.

— Relève-toi, lui ordonna Junia, tu es trop lourde, tu vas finir par briser la statue.

La jeune femme se redressa, les traits enflammés par la colère. Elle fit courir son regard sur ceux qui l'observaient et cracha :

— C'est de votre faute... Il était encore trop faible... Presque un enfant. Il fallait lui laisser le temps de prendre des forces. Mais non ! Vous ne pouviez pas... Vous vouliez ce miracle pour vérifier ses capacités. Incrédules ! Vous l'avez épuisé... C'est comme si vous aviez demandé à un petit garçon de dompter un cheval sauvage. Il n'y a pas résisté... Il est peut-être mort.

A ces mots, elle se jeta sur la statue, la caressant de manière équivoque. Ses gestes n'étaient plus ceux qu'on destine à un enfant, ses doigts s'égaraient trop bas. Hécatorius détourna la tête, les joues empourprées.

Asklépios intervint, essayant de la ramener à la raison. Elle le couvrit d'insultes.

— *Il est mort !* hurla-t-elle. Je le sens. Ce n'est plus qu'une coquille vide ! Il ne reviendra pas…

Le visage bouffi par les larmes, elle avait piteuse allure. Soudain, alors qu'elle commençait à se griffer les pommettes, elle parut saisie par une illumination.

— Je peux le guérir ! s'exclama-t-elle. Mais oui, lui redonner force et santé… C'est simple en vérité, il faut le nourrir, n'est-ce pas, Asklépios ?

Elle avait empoigné le devin par les épaules et le secouait.

— Sans doute… sans doute… bredouilla le Chaldéen, en proie à la confusion.

— L'or ! cria Livia. *Il faut lui faire manger de l'or !* C'est toi qui nous l'as dit.

— Oui, oui, maîtresse ! fit Asklépios avec enthousiasme, c'est une merveilleuse idée. J'aurais dû y penser plus tôt. Une collation de poudre d'or devrait lui rendre sa vigueur, pourvu qu'elle soit généreuse. Il ne faut pas hésiter à le gaver. Il a besoin de se refaire une santé.

Hécatorius étouffa un grognement de rage et serra les poings.

Déjà, Livia Andronica se jetait sur le sac de paillettes étincelantes pour en dénouer le lacet. Dès qu'Asklépios lui eut mis dans la main la grosse cuiller d'obsidienne, elle puisa dans le trésor à gestes larges pour enfourner la poudre d'or dans la « bouche » de l'idole. Une… deux… trois… quatre cuillerées.

C'était un véritable trésor qu'engloutissait le ventre de la statue. Hécatorius était blême. On sentait qu'il luttait pour ne pas se jeter sur sa mère et lui confisquer le sac. Chaque fois que la cuiller plongeait dans la poussière étincelante, sa famille s'appauvrissait. Il s'en serait arraché les cheveux. Il n'avait jamais pensé qu'on en arriverait là. Au départ, il n'avait été question que de miel... S'il avait su !

Junia se garda d'intervenir. Si Livia Andronica avait décidé de se ruiner, cela ne concernait qu'elle. Toutefois, la géante était secrètement irritée par l'affection démesurée que la patricienne portait à Azzazêt. Le dieu l'avait-il envoûtée ? S'était-il amusé à la rendre amoureuse de son avatar humain ?

Elle se rappela qu'il avait dit quelque chose de ce genre lors de leur dernière rencontre onirique. Les divinités avaient souvent de ces amusements cruels. Il leur plaisait de jouer avec les mortels comme le chat avec la souris. Les paroles d'Azzazêt résonnèrent dans sa mémoire : « Que sais-tu de l'ennui qui accable les dieux ? »

Oui, les habitants de l'Olympe avaient sans doute besoin de tels divertissements pour éviter de sombrer dans la folie, ce qui aurait engendré des catastrophes plus terribles encore.

Incapable de se retenir plus longtemps, Hécatorius saisit le poignet de sa mère pour l'empêcher de piocher à nouveau dans le sac de cuir.

— Cela suffit ! hoqueta-t-il, la face congestionnée. Tu vas nous ruiner ! Sais-tu combien vient de nous coûter ce « repas » ?

— Lâche-moi ! hurla Livia en se débattant. Tu n'as pas à me donner d'ordre. Cet or m'appartient… Ton père ne possédait pas un *as* quand il m'a épousée. C'est ma fortune, je la dilapiderai à ma guise…

Pendant un moment, la géante crut que l'adolescent allait saisir sa mère à la gorge pour l'étrangler. En gesticulant, ils avaient dispersé dans l'atmosphère le contenu de la cuiller, si bien que la poussière d'or se déposait au hasard sur la peau moite des témoins, la faisant scintiller d'un éclat irréel.

Asklépios, craignant un acte irrémédiable qui aurait compliqué les choses, jugea opportun d'intervenir pour les calmer.

— Je pense qu'il faut laisser Azzazêt se reposer, bredouilla-t-il en remuant ses bras maigres. Cette agitation est néfaste… Votre colère entrave son retour à la sérénité. Vous ne lui rendez pas service en vous affrontant ainsi. Sortez ! Quittez ce chariot… Laissez la paix se réinstaller.

Touchée par ces paroles, Livia se maîtrisa. Hécatorius en profita pour nouer les cordons de la bourse de cuir. Tous deux descendirent du véhicule en évitant de se regarder et s'en allèrent chacun de son côté.

Junia les observa un moment puis se pencha sur l'idole. La poussière d'or avait maquillé sa bouche d'un fard scintillant.

Tu viens de t'offrir un sacré gueuleton, hein ? lui lança-t-elle mentalement. *J'espère que ça te flanquera une bonne indigestion !*

La querelle s'éternisant, Junia en profita pour s'occuper de Shagan. L'état du cul-de-jatte ne présentait aucune amélioration. Il s'obstinait à se comporter comme un chien. Lorsqu'on le nourrissait, il fallait prendre garde à ne pas se faire mordre. La géante commençait à penser qu'il avait définitivement perdu l'esprit. Cela l'attristait. Une telle fin n'était pas digne d'un guerrier. Elle se promit, dès leur retour à Rome, de le montrer à un médecin grec. Si aucun traitement ne venait à bout de sa folie, elle lui trancherait la gorge.

S'il était capable de parler, il me supplierait de le faire, se dit-elle. *À aucun prix il ne voudrait finir ses jours ligoté sur une paillasse, au milieu d'autres déments.*

Certes, elle n'accomplirait pas cette besogne de bon cœur, mais il existait entre les vieux compagnons d'armes des devoirs auxquels on devait se conformer, même s'il leur arrivait de prendre une tournure désagréable. Si elle s'était trouvée à la place de Shagan, elle aurait souhaité, elle aussi, qu'il abrège sa déchéance. Un vrai guerrier ne peut mourir que sous la morsure d'une lame, c'est la règle.

Elle en était là de ces tristes réflexions quand Asklépios posa sa main sur son épaule.

— Il faudrait les décider à reprendre la route, souffla-t-il. Nous ne sommes pas en sécurité au milieu de cette campagne. Des brigands pourraient surgir. Les gens de Salgado ont dû déjà beaucoup bavarder. Notre présence est connue… Et puis il y a les prêtres. Ils ont pu se lancer à notre poursuite.

— Ces vieillards ?

— Ils ont pu faire alliance avec un jeune chef de bande, louer ses services… Il n'y a plus que toi pour nous défendre. Tu as beau être forte, en cas d'assaut tu seras vite submergée.

Son appréciation de la situation était bonne. Junia hocha la tête. Elle s'en alla trouver la mère et le fils qui, murés dans leur ressentiment, se tournaient le dos, et les pria fermement de remonter dans le chariot. La menace des pillards eut raison de leur bouderie. On put enfin se remettre en marche.

La journée fut longue et harassante, la chaleur atroce. Très vite, l'eau, dont on avait pourtant refait provision à Salgado, vint à manquer. Les esclaves murmuraient. Ils étaient fatigués, ils avaient peur. Ils n'appréciaient pas d'être mêlés à ces manigances qui fleuraient la sorcellerie.

Junia ne reconnaissait pas la route qu'on avait empruntée à l'aller. Elle se demandait si, en quittant Salgado, ils n'avaient pas bifurqué dans la mauvaise direction. Ils avaient levé le camp avec tant de précipitation que cette éventualité n'était pas à écarter.

Nous risquons de tourner en rond et de revenir sur nos pas, se dit-elle. *Si quelqu'un s'est lancé à notre poursuite, ça équivaudra à nous jeter dans la gueule du loup.*

La nuit tomba, apportant un certain soulagement. Par bonheur, on finit par dénicher une mare au bord de laquelle on dressa le bivouac. Junia s'opposa à ce qu'on fasse du feu. Il n'était pas utile de signaler leur position à d'éventuels adversaires. Après tout, le chariot contenait bien des trésors : la poussière d'or, l'idole, Livia Andronica et son fils, dont on pouvait obtenir une bonne rançon.

Si les gens de Salgado avaient bavardé, la convoitise des brigands devait être éveillée. Ils s'étaient déjà probablement mis en route et quadrillaient la campagne à la recherche de leur proie.

La géante se posta en sentinelle, méprisant les moustiques qui sifflaient à ses oreilles. Elle espérait tenir plusieurs heures, mais elle fut rattrapée par le sommeil, comme cela lui arrivait fatalement depuis qu'elle avait été empoisonnée par le miel du sanctuaire. Quand elle ouvrit les yeux, le jour se levait.

Livia Andronica rayonnait de joie. Au cours de la nuit, Azzazêt avait repris forme humaine ! Au lieu de la statue d'argile, c'est l'éphèbe aux cheveux de cuivre qu'elle avait découvert ce matin-là, couché sur la paillasse de chiffons.

« La médication lui a été bénéfique, ne cessait-elle de répéter. Asklépios avait raison. L'or lui permet de reconstituer ses forces... En arrivant à Rome j'irai voir les changeurs afin d'obtenir davantage de poudre. Je ne tiens pas à en manquer lorsque nous l'aurons installé à la maison. »

Cette décision ne contribua nullement à dérider son fils.

La géante observa Azzazêt. S'il maîtrisait mieux son corps, le dieu n'avait toujours pas découvert l'usage de la parole. Il paraissait plongé dans une rêverie interminable et souriait, le regard fixé sur la ligne d'horizon. Ses lèvres, encore souillées de poussière d'or, le faisaient ressembler à ces Gitons[1] qui paradent au bras de leurs amants, dans les orgies, le visage peint comme celui d'une courtisane.

Junia avait espéré qu'il échangerait avec elle un clin d'œil, ou un regard de connivence, mais, depuis qu'il s'était incarné, il l'ignorait ostensiblement. Elle trouvait cela étrange. Ne l'avait-il pas visitée en songe pour l'avertir de ses prochaines manigances ? Pourquoi cette indifférence affectée qui lui ressemblait si peu ? Elle l'aurait plutôt imaginé lui adressant des grimaces et des signes d'intelligence dans le dos des pauvres mortels dont il comptait faire ses dupes…

Elle haussa les épaules. Qui peut comprendre quelque chose aux desseins des dieux ? Pas elle en tout cas.

Ils menaient bon train depuis une heure quand une bande de paysans déguenillés leur barra la route. Cette fois, ils étaient une trentaine, et moins émus que ceux de Salgado. D'emblée, Junia détesta l'expression revendicatrice de leurs visages barbouillés de crasse. Elle remarqua que certains portaient des bâtons.

Une femme les menait, forte matrone aux mamelles pendantes qui semblait décidée à ne pas s'en laisser conter.

— Nous sommes ceux de Vanarus, lança-t-elle. Nous venons faire valoir notre droit au miracle ! Nous aussi nous avons des infirmes, des malades… Pourquoi tournez-vous le dos à notre village, hein ? Ceux de Salgado valent-ils mieux que nous ?

---

1. Personnage célèbre de la littérature latine, devenu l'archétype du jeune homosexuel romain.

Asklépios s'avança pour parlementer, mais sa voix fut vite dominée par celle de la mégère.

— Je suis Marinia la Dodue, tonna celle-ci. J'ai été putain à Subure dans ma jeunesse, j'ai eu les cheveux rouges[1], je connais les hommes dans ton genre. Tu ne me feras pas taire, Grec[2] de mes couilles ! Épargne-moi ton verbiage.

Les paysans explosèrent de rire. Junia décida de se montrer, les armes à la main. Son apparition mit fin à l'hilarité générale, mais les gueux ne firent pas mine de reculer pour autant. Ils étaient nombreux. Junia sut immédiatement qu'il lui serait impossible de tous les repousser. La fourmilière a toujours raison du lion, c'est bien connu.

Une odeur de mauvais vin s'élevait des haillons des protestataires.

Ils se sont saoulés à la piquette pour se donner du courage, estima la géante. *C'est dangereux. Ils sont menés par une femme ; ils voudront jouer aux braves pour ne pas démériter à ses yeux.*

— Holà ! hurla Marinia la Dodue sur un ton de harengère, qu'on nous montre le dieu ! Nous ne sommes pas venus parler avec sa valetaille, c'est lui qui décide, pas vrai ?

Azzazêt parut, soutenu par Livia Andronica et son fils. Il souriait, indifférent à la tension qui s'était installée. Junia constata que, dans la lumière du soleil,

1. Les prostituées se teignaient les cheveux en roux et portaient des tuniques brunes.

2. Les Grecs, à Rome, étaient universellement détestés. On les suspectait de toutes les vilenies, en grande partie parce qu'on était jaloux de leurs connaissances dans des domaines aussi divers que la philosophie, la médecine, l'art…

il avait piteuse allure. Ses traits étaient tirés, sa chevelure un peu grasse. En fait, il offrait l'apparence d'un jeune patricien émergeant d'une orgie.

— C'est toi, le dieu dont parlent les gens de Salgado ? grogna la matrone sans paraître autrement impressionnée. Nous avons du travail pour toi. Deux fillettes aveugles et un bon charpentier paralysé du bras droit. Quelles offrandes réclamerais-tu pour les remettre à neuf ? Notre village n'est pas riche mais nous avons du vin, des olives, de bons fromages de chèvre. Des étoffes de laine grasse tissée, aussi, qui font de bonnes protections contre la pluie. Cela te suffit-il ?

Indisposée par la jactance de la mégère, Livia s'interposa. Quand elle prit la parole, ce fut avec toute la morgue d'une patricienne.

— Azzazêt est fatigué, lança-t-elle. Le prodige accompli à Salgado a failli le tuer. Il ne recommencera pas avant longtemps. Vous ne croyez tout de même pas qu'il va exaucer les vœux de n'importe quel va-nu-pieds !

— Et pourquoi donc, princesse ? éructa l'ancienne putain. Tu le réserves à ton seul usage, sans doute ? Qu'espères-tu donc ? Qu'il te conserve jeune à jamais ? Quelle offrande lui donnes-tu en échange ? Ton con ou ta bouche ? Quel effet ça fait de sucer un dieu ? Son foutre a-t-il le goût de l'ambroisie ?

Livia hoqueta sous ce déferlement de propos graveleux. Jamais on ne s'était adressé à elle en ces termes. Elle vacilla, jeta un bref coup d'œil à Azzazêt, comme si elle attendait de lui qu'il foudroie ces impies sur place. L'éphèbe aux boucles de cuivre ne broncha pas, se contentant de sourire.

— Les dieux sont à tout le monde ! renchérit Marinia. Les riches n'ont pas le droit de se les approprier ! Azzazêt, ne te laisse donc pas commander par cette baiseuse de sénateurs ! Viens avec nous, nous sommes pauvres mais nous saurons t'honorer comme il convient… Et si tu veux des femmes, il y a aussi des vierges chez nous, tu seras le premier à les utiliser, tu auras droit de cuissage sur toutes les filles du village. Promis.

Elle s'échauffait, répandant aux alentours son odeur de sueur faisandée.

— Allez-vous-en ! hurla Livia Andronica, livide. Vous n'êtes que souillure… Si vous ne vous écartez pas, j'enverrai la légion brûler votre village.

Hécatorius, sentant venir le drame, saisit sa mère par le bras pour essayer de la tirer en arrière. Elle résista.

— Ce n'est pas à toi de décider ! gronda la mégère. Le dieu seul peut répondre. Je te le demande encore, Azzazêt : acceptes-tu de nous suivre ?

À la surprise de tout le monde, l'éphèbe secoua la tête en un signe de dénégation. La matrone se raidit.

— Ah ! rugit-elle. Nous ne sommes pas assez bien pour toi, sans doute ? Nos offrandes sont trop maigres. Tu veux de l'or, des bijoux ! (Se tournant vers ses compagnons, elle ajouta :) Vous entendez, les amis ? Les dieux sont du côté des nantis ! Que nous reste-t-il à espérer, alors ?

Puis elle se baissa et ramassa une pierre qu'elle brandit au-dessus de sa tête.

— Va donc à Rome ! cria-t-elle. Les sénateurs te baiseront le cul pour que tu leur rendes la jeunesse !

Avant que quelqu'un ait pu s'interposer, elle avait détendu le bras et lançait le caillou avec violence. Le projectile toucha Azzazêt à la poitrine. Du sang jaillit de l'entaille, poissant la tunique. Livia Andronica poussa un hurlement de mère qui vient de voir son fils unique passer sous la roue d'un char.

La géante dégaina son épée, mais les paysans refluèrent en désordre, effrayés par l'audace de leur meneuse. Ils se débandèrent en hâte, abandonnant leurs gourdins pour courir plus vite.

— Azzazêt est blessé ! se lamentait Livia. Azzazêt est blessé !

L'éphèbe s'était effondré, sans connaissance. On dut l'allonger au fond du chariot. Le sang coulait d'une blessure superficielle au pectoral droit, juste au-dessus du téton.

Pas de quoi en faire un drame, songea Junia. *Juste une écorchure.*

— Pourquoi ne revient-il pas à lui ? gémit Livia qui bassinait les tempes de l'éphèbe avec un linge imprégné de parfum.

Asklépios ausculta le blessé. Quand il releva la tête, il paraissait inquiet.

— Pour un humain ce serait une banale écorchure, soupira-t-il. Pour un dieu incarné il en va autrement. C'est… c'est plus compliqué. Les dieux n'ont pas l'habitude de ressentir des douleurs physiques. C'est une notion qui leur est étrangère. Quand cela se produit, ils en éprouvent un grand tourment. C'est… *c'est presque trop fort pour eux*. La sensation est trop neuve, trop intense… Les légendes évoquent le cas d'un dieu qui, à peine changé en homme, se serait piqué en cueillant une rose. La douleur causée par l'épine aurait suffi à le tuer.

— Tu veux dire qu'il va mourir ? s'écria Livia.

— Je ne sais pas, maîtresse, bredouilla le Chaldéen. C'est possible. Je vais essayer d'atténuer la souffrance par l'application d'un baume de ma composition. Je t'avais prévenue, rappelle-toi. Je ne t'ai jamais caché qu'il est terriblement risqué pour une divinité de se glisser dans une enveloppe humaine.

— Et si nous lui donnions de l'or ? suggéra la jeune femme au comble de l'agitation. Beaucoup d'or ?

— Je peux mêler de la poudre d'or à l'emplâtre que je vais confectionner, fit l'augure d'un ton réfléchi. Cela ne pourra qu'améliorer l'efficacité de la médecine.

Junia retint un ricanement. Le vieux bougre ne laissait passer aucune occasion de s'enrichir ! L'emplâtre finirait au fond de sa poche, elle l'aurait parié.

Asklépios s'activa, penché sur son creuset où il entreprit de broyer des substances aux senteurs étranges. Il y mêla du blanc d'œuf… et beaucoup de poussière d'or, avant de plaquer ce baume rutilant sur l'entaille qui zébrait la poitrine d'Azzazêt.

— À présent il faut attendre, conclut-il. Je ne peux rien faire de plus. La médecine devrait atténuer la douleur et rétablir la paix dans l'organisme du dieu. J'espère seulement que la souffrance n'a pas été trop vive. S'il juge l'expérience désagréable, il pourrait renoncer à s'incarner.

— Je vais prier, murmura Livia en se couvrant la tête d'un voile.

Docile, Hécatorius ouvrit le coffret de bois de santal où se trouvaient rangées les figurines représentant les *lares* du foyer. La mère et le fils se recueillirent devant ces divinités minuscules, abîmées par les siècles, et dont certaines ne possédaient plus qu'un moignon de visage.

Quand la nuit tomba, Azzazêt n'avait toujours pas repris connaissance. On décida de dormir. Au matin, le dieu avait recouvré son apparence première : une statue d'argile dormait sur la paillasse de charpie. Junia se pencha pour soulever l'emplâtre toujours posé sur la poitrine de l'idole. Elle frissonna. Sous le pansement, une entaille zébrait la terre cuite, en travers du grand pectoral droit, là où la pierre avait entaillé la peau de l'éphèbe. Cela formait comme une encoche dans l'argile durcie. Une encoche souillée de sang séché.

On reprit la route. Livia Andronica demeura en prière toute la journée. Le soir, on atteignit enfin les faubourgs de Rome. Le périple touchait à sa fin.

14

Livia Andronica exigea qu'on fasse halte chez le changeur. Là, en dépit des protestations de son fils, elle se fit délivrer une grosse quantité de poudre d'or. Au préalable, elle dut accepter de céder à son banquier ses titres de propriété sur plusieurs terrains, villas et immeubles de rapport. Le financier se montra hésitant. Une telle demande n'était guère courante, les patriciens utilisant d'ordinaire la monnaie d'argent. Il fallut attendre jusqu'au soir, ce qui posa d'énormes problèmes, car le char bloquait la circulation[1]. Sourde aux conseils de prudence du changeur, Livia s'entêta. L'homme lui avait fait valoir qu'il n'était guère avisé de conserver chez soi une telle fortune immédiatement négociable.

— Cela finira par se savoir, soupira-t-il. Tes esclaves se montreront bavards. Leurs propos parviendront aux oreilles d'un voleur. On viendra te couper la gorge en pleine nuit… Personne, ma chère, ne conserve plus de telles sommes chez soi.

— Je ne crains pas les voleurs, lui rétorqua Livia. On me protège. Celui qui s'aviserait de me porter préjudice l'apprendrait vite à ses dépens.

1. Rome était le théâtre d'inextricables embouteillages.

Elle semblait si sûre de son fait que le banquier renonça à la convaincre ; pourquoi aurait-il insisté, d'ailleurs ? Ne venait-il pas d'acquérir à un prix avantageux des biens immobiliers dont il tirerait dès le lendemain de gros bénéfices ? Il regarda s'éloigner le chariot d'un œil perplexe, soupçonnant une histoire louche. Depuis le décès de son mari, Livia Andronica vivait entourée d'étranges serviteurs, à ce qu'on racontait. Une géante, un devin… Dans quelle mauvaise aventure s'était donc fourrée cette fille de bonne famille peu au fait des pratiques financières ? Dans une bouffée de sens civique, il se demanda s'il ne devait pas en aviser l'oncle de la jeune femme, Silvius Marcus Andronicus, haut fonctionnaire régissant les distributions frumentaires. Après une courte réflexion, il décida de lui faire porter un message par un esclave.

Le chariot s'arrêta devant la maison à la tombée de la nuit. Les serviteurs, qu'on avait fait prévenir en leur dépêchant un coursier, avaient balisé l'allée principale au moyen de torchères. La géante se fit la réflexion que la bâtisse semblait beaucoup plus mal en point que le jour de leur départ. De nouvelles crevasses en disloquaient les parois. Des racines velues s'échappaient de ces fissures. Dans la lumière dansante des torches, on eût dit des pattes d'araignées géantes. L'effet produit n'avait rien d'attrayant.

— Maîtresse, maîtresse… se lamenta l'intendant en se jetant aux pieds de Livia. Tout va de mal en pis. La maison menace de s'effondrer. Elle craque de toutes parts. Nous ne savions que faire.

— Calme-toi ! lança la jeune femme en tapotant la tête de l'esclave. Tout va rentrer dans l'ordre, je ramène de quoi faire entendre raison aux puissances qui s'acharnent sur nous. Ce n'est plus qu'une question de jours.

Ces paroles prononcées, elle ordonna à Junia et à son fils de transporter l'idole d'argile dans sa chambre. La domesticité assista avec perplexité à la translation de la statue. La même question se lisait sur tous les visages : en quoi ce bonhomme mal modelé représentait-il la solution à leurs problèmes ? À première vue, ce n'était qu'un *antéfixe*[1] comme on en trouvait encore ici et là, dans la campagne romaine. Une divinité d'un autre temps.

Junia et Hécatorius déposèrent l'idole au pied du lit de Livia Andronica. Les sacs d'or, eux, furent remisés dans un lourd coffre de fer scellé dans le sol, et fermé par plusieurs serrures compliquées, dont certaines n'étaient pas apparentes. La géante connaissait ce type de malle. Si l'on ne respectait pas l'ordre d'ouverture des verrous, le mécanisme se bloquait.

Hécatorius épongea son front en sueur et, après avoir vérifié d'un coup d'œil que Livia ne se trouvait pas à proximité, chuchota :

— Ma mère n'est pas dans son état normal, tu t'en es rendu compte… Je crains qu'elle ne se laisse aller à de fâcheuses extrémités. Il faudra la surveiller. Elle est… comme envoûtée par ce dieu. Je n'aime pas cela. J'ai un mauvais pressentiment.

---

1. Premiers dieux de la Rome archaïque, se présentant sous la forme d'une pierre ou d'un rondin mal taillé.

— Moi aussi, avoua Junia. Ne sois pas inquiet, je veillerai.

Ils durent se taire car Livia Andronica franchit le seuil de la chambre.

— Bien, dit-elle. Nous allons nous décrasser, puis nous prendrons un bon repas. Nous l'avons bien mérité. Ensuite, je nourrirai Azzazêt. Je me sens mieux depuis qu'il est là. Son influence ne tardera pas à se faire sentir. Vous verrez... bientôt les crevasses disparaîtront, la maison sera guérie.

Elle parlait avec un enjouement forcé, le rouge aux joues, comme si elle essayait de se convaincre.

Junia et Hécatorius se retirèrent.

La femme-jument transporta Shagan à l'office et ordonna aux esclaves de lui donner à boire et à manger sans toutefois lui délier les mains. Elle s'occuperait de lui plus tard, une fois cette affaire définitivement réglée. Elle souhaitait de tout son cœur que la prédiction de Livia se réalise. Dès que les choses auraient repris leur cours habituel, elle s'empresserait d'aller trouver Silvius Marcus Andronicus, l'oncle de Livia, pour lui réclamer le paiement de ses services.

« Après tout, maugréa-t-elle, Shagan et moi avons fait ce qu'il désirait. Sa nièce est toujours en vie et un dieu la protège. Que peut-il espérer de mieux ? »

Par acquit de conscience, elle fit le tour de la maison. En leur absence la foudre était encore tombée sur les statues de bronze et les avait un peu plus abîmées. Cette assemblée de légionnaires fondus avait réellement vilaine figure, et l'on hésitait à s'en approcher tant les silhouettes évoquaient celles d'une bande de lépreux en maraude.

Junia s'en détourna pour examiner les crevasses sillonnant les murs. Les racines qui s'en échappaient laissaient supposer qu'une jungle mystérieuse se développait dans l'épaisseur des cloisons. C'était invraisemblable.

Avisant une jeune esclave qui passait, Junia la saisit par le bras et lui demanda :

— Qu'as-tu remarqué en notre absence ? As-tu entendu quelque chose ?

— Oui, bredouilla l'adolescente. La nuit, on entend pleurer et se lamenter à l'intérieur des fissures. Je le sais… j'ai posé mon oreille tout contre… C'est la femme emmurée… l'épouse de l'architecte… Sophia. Elle est en colère… Elle se débat à l'intérieur du mur. Bientôt elle le fera exploser et sortira pour nous tuer, tous.

— C'est ce que tu crois ?

— C'est ce que nous croyons tous. Ça ne va plus tarder, et l'idole ramenée par la maîtresse n'y changera rien. Il y a eu crime. Sophia est dans son droit. Le tribunal des Enfers lui donne raison. Elle va sortir… Bientôt.

D'une secousse, elle échappa à la poigne de la géante et s'enfuit en direction de l'office.

Junia lui emboîta le pas. À la cuisine, elle se fit servir à manger. L'atmosphère était lourde, les esclaves chuchotaient en échangeant des regards entendus. Son repas avalé, la géante décida de patrouiller dans le jardin. Les échos d'une violente dispute opposant

Livia Andronica à son fils lui parvinrent. Hécatorius reprochait une fois encore à sa mère de les ruiner.

— Nous étions l'une des rares familles romaines à posséder de l'or ! criait le jeune homme d'une voix trop aiguë pour en imposer. Bientôt il n'en restera rien… Cela va se savoir… Les spéculateurs vont s'abattre sur nous comme une nuée de corbeaux !

La géante s'éloigna. L'adolescent n'avait pas tort. Le banquier parlerait, on ne tarderait pas à murmurer que Livia Andronica s'était empêtrée dans une histoire louche. On supposerait qu'elle était la proie d'un maître chanteur. De là à laisser entendre qu'elle avait assassiné son mari, il n'y aurait qu'un pas… qui serait vite franchi.

Junia s'installa sur un banc, à proximité du bassin, aux aguets. La solution du mystère était là, toute proche, elle le devinait. Elle avait hâte de la découvrir et de prendre congé avant que les choses tournent mal.

Quand la querelle prit fin, le silence revint, seulement troublé par les cris des animaux nocturnes. Le vent faisait bruire les feuilles des buissons. Sans la lueur de la lune, les statues de bronze semblaient plus menaçantes que jamais.

Une armée de lépreux se préparant à contaminer une cité en crachant dans l'eau des fontaines… songea Junia, influencée par l'atmosphère des lieux.

Elle se leva pour regagner l'*atrium*. Alors qu'elle longeait l'un des murs, elle entendit une voix s'échapper des crevasses. Les gémissements émanaient de la paroi ; ils étaient tantôt clairs, tantôt lointains, et mêlaient le latin et le grec.

Une voix de femme… décida la guerrière en collant son oreille contre la pierre.

« Je vous hais… disait la voix. Préparez-vous à subir ma colère… Vous m'avez tuée… Je vais sortir, bientôt… Bientôt… »

Elle s'exprimait en latin avec un accent hellénique prononcé. Les paroles semblaient venir de très loin, comme si la morte se tenait de l'autre côté du Styx et criait sa colère du fond des séjours infernaux.

Sophia… en déduisit la géante. *L'épouse emmurée de Kalikidès, l'architecte que Titus Bruto a vendu à un collège de médecins afin qu'il soit disséqué vivant.*

Elle avait presque fini par oublier cette sombre histoire. Revenant sur ses pas, elle examina l'endroit où la malheureuse avait été enfermée dans le ciment. Le revêtement de chaux s'écaillait ; la paroi ne tarderait plus à s'émietter. La chose n'avait échappé à personne, voilà pourquoi le personnel vivait dans la terreur. Sophia finirait par s'extirper de sa prison de mortier. Alors, revenue d'entre les morts, elle marcherait parmi les vivants pour les punir, elle leur arracherait les membres, la tête, leur ouvrirait la poitrine pour en sortir leur cœur et l'écraserait entre ses doigts momifiés. Oui, ce serait, à n'en pas douter, un moment terrible.

La géante s'efforça de ne pas céder à la peur. Reculant pour se placer dans la lueur des torches, elle se jura de trouver, très vite, la solution de cette énigme.

Trois jours s'écoulèrent sans qu'aucune amélioration ne survienne. Livia Andronica – encouragée en cela par Asklépios – multipliait les cérémonies d'offrandes. L'idole d'argile mangeait la poussière d'or sans daigner pour autant se réincarner. Junia se demandait si la maîtresse de maison n'avait pas fini par perdre de vue le but de l'opération. Oubliant les menaces qui pesaient sur la propriété, elle ne songeait plus qu'à faire revenir le bel éphèbe aux cheveux de cuivre qu'elle avait eu tant de plaisir à cajoler pendant le voyage.

Livia devint nerveuse. Au cours d'une ronde, la géante la surprit étendue sur l'un des lits de la salle à manger, pleurant toutes les larmes de son corps, le visage bouffi. Laide.

La nuit même, de longs ululements s'échappèrent des crevasses, mettant la demeure en émoi. Les servantes, terrifiées, s'arrachèrent les cheveux et se griffèrent les joues.

Livia Andronica se jeta sur Asklépios et, le saisissant par sa toge, lui cria au visage :

— Pourquoi ne revient-il pas ? Pourquoi ? J'ai déjà vidé un plein sac d'or. Que veut-il de plus ? *Des sacrifices humains ?*

— Non, non… surtout pas, balbutia le Chaldéen. Azzazêt n'est pas un dieu sanguinaire. Il condamne ces pratiques.

On le sentait plus que jamais dépassé par les événements.

— Patience, maîtresse, haleta-t-il. Il est peut-être encore sous le coup de sa blessure. Il faut lui donner le temps de reconstituer son énergie…

— Et s'il était mort, hein ? hurla soudain Livia. Tu y as pensé ? S'il était mort… S'il n'allait plus revenir. Jamais !

— Calme-toi, je t'en supplie, hoqueta le vieillard. Les dieux ne meurent pas comme ça. Je pense qu'il est tout simplement dans un état d'extrême faiblesse. Un surcroît d'offrande l'aidera à guérir. Tu dois te montrer patiente. Rappelle-toi qu'il se nourrissait de miel sacré. L'or n'est qu'un pis-aller.

Livia, réalisant que les esclaves s'étaient rassemblés autour d'elle et l'observaient, fit un effort pour se reprendre.

— Que faites-vous là, tas de fainéants ? leur lança-t-elle, vous tenez donc à ce que je vous fasse donner le fouet ?

Les serviteurs s'éparpillèrent.

Une heure plus tard, l'un des murs de l'*atrium* éclata. Une liane velue s'en échappa pour fouetter le sol, tel un tentacule géant. L'effet sur le moral des habitants de la maison fut déplorable. Quand l'aube se leva, trois esclaves s'étaient enfuis. Il y avait fort à parier que les autres ne tarderaient pas à les imiter. Personne ne tenait à être là quand la chose qui se cachait dans les murs émergerait de son repaire.

On imaginait une sorte de pieuvre végétale dont le cadavre de Sophia serait le cœur palpitant et gorgé de haine. Homère n'évoquait-il pas le cas d'un mort criblé de flèches qui, servant de terreau aux traits plantés dans sa poitrine, donnait naissance à de jeunes arbres ?

Au cours de la matinée, Hécatorius surgit dans l'*atrium*, affolé, et réclama la venue d'Asklépios. Il venait de surprendre sa mère agenouillée au pied de l'idole, s'entaillant les bras pour faire couler son sang sur l'argile. Après examen les blessures se révélèrent superficielles. Le Chaldéen fit cependant absorber à la jeune femme une potion qui la plongea dans le sommeil.

Junia décida qu'il était temps d'en finir. Attirant Hécatorius à l'écart, elle lui dit :

— Si tu es décidé à connaître la vérité, retrouve-moi cette nuit près des statues de bronze. Emporte tes armes. Nul ne peut prévoir sur quoi nous allons tomber.

— Compte sur moi, murmura l'adolescent. Je viendrai.

15

Lorsque les ténèbres s'installèrent, la géante et l'adolescent se retrouvèrent dans le jardin, comme convenu, les armes à la ceinture.

Junia était pressée d'en finir car elle pressentait l'imminence d'une catastrophe qui menaçait de les emporter tous. Elle conservait à l'esprit les menaces proférées par Azzazêt en songe ; elle se rappelait qu'il avait promis de les exterminer les uns après les autres, pour son seul amusement. Elle entendait bien ne plus être là lorsqu'il mettrait ses projets à exécution.

La femme-jument et le jeune homme demeurèrent un long moment côte à côte tandis que les lumières s'éteignaient les unes après les autres. Quand ne subsista plus que l'éclat des veilleuses qui éclairaient les masques mortuaires suspendus dans l'*atrium*, Hécatorius chuchota :

— Que fait-on ?

— Tu sais ce qu'est un buccin ? grogna Junia.

— Un coquillage ?

— Mais encore…

— Une trompette ?

— Oui, une trompette militaire constituée d'un très long conduit se terminant par un pavillon.

Le garçon fronça les sourcils.

— Où veux-tu en venir ? s'impatienta-t-il.

— Ta maison est remplie de « buccins » dissimulés, expliqua la géante. Des conduits sillonnent les murs, et les crevasses font office de pavillon. Le son vient de loin mais une chose est sûre, il faut toujours quelqu'un pour souffler dans la trompette, sinon elle reste muette. C'est ce « musicien » qu'il nous faut dénicher.

Hécatorius écarquilla les yeux.

— Tu veux dire qu'on nous berne ? balbutia-t-il. Qu'il ne s'agit pas d'une vengeance d'outre-tombe ?

— Tu as tout compris, ricana la guerrière. Quelqu'un s'applique à vous terrifier. Il faut trouver qui. Ces crevasses, ces conduits prennent leur source quelque part. Ils ont une embouchure commune. Il faut localiser cette embouchure car le « souffleur » se tiendra là, les lèvres collées au tuyau. Le point d'origine ne peut se trouver dans la maison, ce serait trop dangereux. Cela signifie qu'il est quelque part dans le jardin. Il s'agit probablement d'une niche creusée dans le sol. L'embouchure du « porte-voix » est là. Un système acoustique bien agencé peut emmener le son très loin de sa source sans le déformer outre mesure. C'est par ce subterfuge que les prêtres égyptiens faisaient parler les idoles des sanctuaires afin d'influencer le pharaon[1].

— Tout au bout, haleta le jeune homme, il y a donc quelqu'un qui joue la comédie… Qui récite un texte…

— Voilà, conclut la géante. Simple mais efficace pourvu que la machinerie ait été bien conçue. À nous, maintenant, de déloger ce « joueur de trompette » et de le faire parler.

Se déplaçant sur l'herbe pour éviter de faire crisser les graviers des allées, ils entreprirent de décrire des

1. Exact.

cercles de plus en plus larges autour de la demeure. Junia, dont les yeux s'étaient habitués à l'obscurité, finit par découvrir ce qu'elle cherchait. Un rai de lumière au ras du sol, qui provenait d'une dalle disjointe perdue au milieu des broussailles.

— Qu'y a-t-il là-dessous ? chuchota-t-elle contre la tempe d'Hécatorius.

— Je ne sais pas, avoua ce dernier. Des vannes, je suppose… La tuyauterie des bassins ou de l'hypocauste…

Une trappe de visite, songea la géante. *Quelqu'un a décidé d'utiliser ce local enterré pour y installer l'embouchure du porte-voix.*

S'approchant à pas de loup de la dalle, elle remarqua que celle-ci était maintenue entrouverte par un coin de bois. Celui qui s'y trouvait ne tenait pas à périr asphyxié.

Glissant les doigts dans l'ouverture, elle souleva la plaque de marbre d'un seul mouvement du bras droit. Un cri de surprise s'échappa de la cavité. Un cri de femme.

Au fond du trou, au milieu des canalisations de plomb et de terre cuite, une inconnue d'une quarantaine d'années se tenait agenouillée devant un trou ovoïde creusé dans la paroi. Une petite lampe à huile l'éclairait, sans doute pour tenir à l'écart les rongeurs. Dans un coin, une besace s'entrebâillait sur quelques provisions, une gourde… De quoi se sustenter pendant la nuit.

Hécatorius laissa échapper un cri de rage et tira son poignard.

— Du calme, fit Junia en lui saisissant le poignet. Il faut la faire parler.

Recroquevillée au fond de la cavité, la femme grelottait de terreur.

— Pitié, mes seigneurs, gémit-elle. Je ne fais qu'obéir… On m'a donné un texte à réciter… Parfois je dois jouer de la flûte, ou rire… c'est selon…

— Tu fais cela depuis un bon moment, n'est-ce pas ? demanda Junia.

— Oui, avoua la femme. Presque toutes les nuits…

— Charogne ! gronda Hécatorius. Je vais rabattre cette dalle et la faire cimenter. Tu mourras emmurée. Cette fois, tu auras une bonne raison de te lamenter dans ton fichu porte-voix !

— Laisse-moi faire, s'interposa la géante. Il y a déjà eu assez de gens emmurés dans cette maison. (Se penchant au-dessus du trou, elle demanda :) Comment te nommes-tu ? Pour qui travailles-tu ?

— Nadina, balbutia la femme. Je… je suis comédienne… Je fais partie d'une troupe… on nous a embauchés pour donner un certain nombre de « spectacles »… Mais j'ignore le nom de notre mécène.

— Je vois, fit Junia. Et ces séances de chuchotements faisaient bien sûr partie de la représentation…

— Oui.

— Où sont tes collègues ?

— Ils campent, à l'orée de la propriété, dans les bois.

Junia hocha la tête.

— Tu vas cesser tes pitreries et te tenir tranquille, décida Junia. Je vais remettre la dalle en place. Si tout se passe comme je l'espère, je reviendrai te délivrer.

— Non, je vous en supplie… sanglota Nadina.

Ignorant ses supplications, la géante rabattit la dalle puis, ramassant çà et là de gros cailloux, les entassa sur le carré de marbre, de manière à former un tertre que la prisonnière serait incapable de soulever.

— Je ne veux pas courir le risque qu'elle prévienne ses complices, lâcha-t-elle à l'intention d'Hécatorius. À présent, allons explorer les bois.

— Si j'allais chercher les chiens ? proposa le jeune homme.

— Non, grogna la guerrière. Je veux les surprendre et connaître le fin mot de cette histoire. Tes dogues les mettraient en fuite.

Nadina n'avait pas menti. Un bivouac avait été dressé aux abords de la propriété. Tapie dans les broussailles, Junia repéra un chariot aux flancs peinturlurés de figures grossières. Assis autour du feu, des hommes partageaient un animal cuit à la broche. La femme-jument tressaillit en les identifiant.

— Par les dieux ! hoqueta Hécatorius, tu les as reconnus ?

— Oui, souffla Junia. Ils sont tous là. Pomcrius, Marinia la dodue… *et notre cher Azzazêt.*

En dépit du manque de lumière, elle distingua d'autres trognes entrevues lors de la visite à Salgado, puis plus tard, quand Marinia la mégère avait feint de leur barrer la route. Personne ne manquait à l'appel, pas même la « miraculée » qu'Azzazêt avait guéri de sa paralysie.

— Ils sont trop nombreux, murmura Hécatorius, on ne peut les attaquer.

Junia garda le silence. Elle essayait de réfléchir. Aux figures peintes sur les flancs du chariot, elle supposa qu'il s'agissait d'une troupe spécialisée dans le *nudatio mimorum*[1]. Pas réellement des comédiens, plutôt des bateleurs… Cela expliquait la présence de femmes parmi eux[2].

— Qu'attendons-nous ? siffla Hécatorius.

— Il manque quelqu'un, fit laconiquement Junia. C'est lui que j'attends. Lorsqu'il se montrera, j'irai par-

---

1. Spectacles d'acrobaties sexuelles fort prisés des Romains, équivalent de nos strip-teases, en version beaucoup plus corsée.

2. Comme on le sait, le « vrai » théâtre était interdit aux femmes.

lementer. Je sais que tu es humilié et en colère, mais il est encore trop tôt pour tuer tout le monde. Je veux savoir qui tire les ficelles.

Asklépios parut enfin. Il s'approcha du feu pour se réchauffer. C'était l'instant qu'attendait Junia. Elle se redressa et, sans chercher à se dissimuler, sortit des buissons pour marcher vers le bivouac. Un frisson parcourut l'assemblée. Asklépios grimaça.

— Ah ! fit-il simplement. C'est toi…

— Je veux que tu m'expliques, dit la géante d'une voix calme.

— D'accord, soupira le Chaldéen. Après tout nous sommes entre mercenaires. Il est encore possible de s'entendre. Je te supplie de ne pas prendre de décision précipitée. Tout est négociable. Je suppose que, si la paye est bonne, tu n'hésiteras pas à changer de maître ?

— Faut voir, grommela Junia. Déballe d'abord ton histoire, nous verrons ensuite.

— Viens par ici, marmonna Asklépios, marchons… J'avoue que je suis surpris, je ne te croyais pas assez intelligente pour nous percer à jour.

— Je fais souvent cet effet-là aux gens, ricana la géante. Ils s'en repentent ensuite… principalement quand leur tête roule sur le sol.

Ils s'engagèrent sous le couvert. Le vent bruissait dans les feuilles, telle la voix de Jupiter à Dodone[1].

1. Les augures de Dodone prétendaient que Jupiter leur parlait par l'entremise des feuilles qu'il faisait bruire à un rythme particulier.

16

— Tout a commencé avec Kalikidès, l'architecte grec que Titus Bruto avait engagé pour construire sa maison, soupira Asklépios. Tu connais déjà l'histoire, je suppose ? Bruto se piquait d'architecture, sous prétexte qu'il avait surveillé la construction de camps militaires et qu'il connaissait à merveille la structure d'un *oppidum*[1]. Il avait dessiné les plans d'une *domus* très laide, que Kalikidès a commis l'erreur de critiquer.

— Je sais, coupa Junia. Pour se venger, Bruto a fait emmurer Sophia, la femme de l'architecte, et il a vendu ce dernier à un médecin qui cherchait des spécimens pour les disséquer vivants.

— Oui. J'ai rencontré Kalikidès par hasard, alors que j'effectuais une purification dans la maison de son nouveau maître. Il attendait au fond d'une geôle d'être découpé en morceaux sous les yeux d'un aréopage de savants. Comme nous parlions la même langue, il s'est confié à moi. Il savait qu'il allait mourir dans d'atroces souffrances, trituré par des instruments mal aiguisés,

1. Les légionnaires avaient l'habitude de bâtir un camp retranché très élaboré à chaque halte. Ce camp, qui comportait des bâtiments et un rempart, était régulièrement détruit dès que l'armée reprenait la route. Souvent, la halte ne durait pas plus de quelques jours !

mais d'une certaine manière, il avait l'âme en paix car il avait eu le temps de préparer sa vengeance.

— Sa vengeance ?

— Oui. Il avait vite deviné que Bruto, une fois la maison bâtie, s'empresserait de le tuer. Alors il avait eu l'idée de mettre en place un dispositif qui punirait son assassin. Kalikidès connaissait son métier. Pendant les travaux, il s'est débrouillé pour que de minces conduits traversent les murs des bâtiments… Oh ! rien de visible, mais, peu à peu, chaque cloison s'est retrouvée habitée par un réseau de canalisations secrètes. Dans ces canaux, dont personne ne soupçonnait l'existence, Kalikidès a semé des graines de courge africaine qui ont la propriété de générer un feuillage vivace et abondant. Des sortes de lianes, en fait, qui n'ont besoin que de beaucoup d'eau pour pousser.

— Je vois, fit la géante. Bien évidemment, les canalisations débouchaient sur le toit de la maison de façon à collecter l'eau de pluie et la lumière du soleil…

— C'est cela. Elles étaient également tapissées de cristaux réfléchissants qui transportaient la lumière d'un bout à l'autre des tuyaux, cela afin d'assurer la croissance des plantes. Aux premières averses, cette végétation souterraine a commencé à se développer. Elle a peu à peu envahi l'intérieur des murs qui se sont fissurés sous la poussée interne qui les disloquait. Voilà pourquoi la maison se délabrait au fil des mois. Plus les lianes grossissaient, plus elles dilataient les conduits… Tu sais comment cela se passe. Une racine peut faire éclater une dalle de marbre.

— Je sais. Mais les statues… La foudre ?

— C'est encore une idée de Kalikidès. Il savait que Bruto était très attaché à ses bonshommes de bronze.

Il a eu l'idée de l'effrayer en attirant les éclairs sur les statues. Pour ce faire, il s'est procuré auprès d'un astronome grec les débris d'une pierre tombée du ciel… une pierre qui a la propriété d'attirer les objets métalliques, et aussi la foudre. Il a ensuite inséré dans chaque piédestal un morceau de ce caillou venu de l'espace. Dès lors, à chaque orage, la foudre s'abattait sur les bronzes, les faisant fondre.

— D'accord. Et sachant cela, tu as imaginé de pousser les choses encore plus loin en utilisant les canalisations comme autant de porte-voix.

— Oui, les conduits faisaient circuler les murmures, les musiques, les transportaient jusque dans la chambre de Bruto, de Livia Andronica et de son fils… Les voix s'échappaient des fissures. L'effet était terrifiant. Ils ont tous été persuadés que Sophia, l'emmurée vive, s'adressait à eux du fond de sa tombe, pour les maudire.

— Pourquoi avoir assassiné Bruto ?

— Il commençait à nourrir des doutes. Nous l'avions surpris en train d'étudier les fissures. C'était un homme sans imagination. Tôt ou tard il aurait découvert la supercherie. Et puis sa mort ajoutait au climat de terreur pesant sur la maison. Ce soir-là, nous avons drogué le vin distribué lors de la fête, puis nous l'avons tué dans son sommeil. Transporter l'une des statues jusqu'à son lit n'a pas été une mince affaire. Nous avons ensuite effacé nos traces. J'espérais ainsi rendre Livia et son fils plus réceptifs à mes suggestions.

— L'achat d'un nouveau dieu ?

— Oui. Il y avait une part de risque, bien sûr. Le temple d'Azzazêt existait bel et bien, les abeilles aussi. Le danger était réel, mais je comptais sur votre savoir-faire. Je savais que Shagan et toi n'en étiez pas à votre premier cambriolage. Vous aviez de bonnes chances de réussir. C'est d'ailleurs dans ce but que je vous ai fait engager. Votre réputation n'est plus à faire.

— Le but de toute l'opération était de s'emparer de la poudre d'or ?

— Oui, mine de rien… En poussant Livia à nourrir l'idole, nous l'amenions à nous offrir chaque fois une nouvelle part de son trésor. Nous la volions sans qu'elle s'en rende compte, avec son consentement.

— Bien imaginé. Mais pourquoi avoir couru le risque d'exhiber un avatar humain d'Azzazêt ? Cette histoire d'incarnation, c'était risqué, non ?

— Il le fallait. Je savais qu'Hécatorius réagirait mal lorsqu'il verrait son héritage disparaître dans le ventre de l'idole. Je ne pouvais donc compter que sur Livia. Et pour l'empêcher de trop réfléchir, il fallait qu'elle soit sous le charme… Un beau jeune homme, c'est tout ce dont elle rêvait. J'avais appris, au travers des confidences de ses servantes, qu'elle était très attirée par les éphèbes, si différents de son mari. J'avais la quasi-certitude qu'elle ne pourrait résister à la beauté de Paganos. J'ai parié sur le coup de foudre. Et j'ai eu raison. Toutes les femmes rêvent d'être possédée par un dieu…

— Ce Paganos, d'où l'as-tu sorti ?

— De la même troupe d'acrobates que les autres. C'est un prostitué. Nous avons simplement été forcés de couper sa queue-de-cheval, de lui décolorer les cheveux[1] et de les friser au fer pour accentuer sa ressemblance avec Azzazêt. L'idole ne suffisait pas… il fallait autre chose pour détourner l'attention. Un chiffon

1. La queue-de-cheval était le signe distinctif des prostitués mâles de moins de 18 ans. Teintures et décolorations étaient largement pratiquées par les riches Romaines, qui, parfois, en devenaient chauves !

qu'on agiterait, et sur lequel se fixerait le regard des spectateurs. Une vieille astuce de magicien de foire. Ça a parfaitement fonctionné. Livia, au premier coup d'œil, est tombé amoureuse de Paganos... Le garçon est passé expert en ce genre de manipulation. Tout jeune, il était déjà la coqueluche des dames mûres.

— Pourquoi avoir fait de lui un dieu muet ? Tu craignais qu'il se mette à proférer des sottises ?

— On ne peut rien te cacher. Paganos est beau, certes, mais pas très intelligent. Il aurait été incapable de répondre si on l'avait pressé de questions. Un dieu qui bafouille n'impressionne plus personne. J'ai jugé plus astucieux de le présenter sous l'aspect d'un grand enfant mal à l'aise dans un corps qu'il ne sait pas encore contrôler. Je savais, par ailleurs, que cela réveillerait l'instinct maternel de Livia. Et puis, ce mutisme avait quelque chose d'impressionnant, il imposait le respect.

— Où cachais-tu la statue lorsque Paganos prenait sa place ? Le chariot était trop petit pour te permettre de l'y dissimuler.

— Tu n'as pas compris... Chaque soir, je versais une drogue somnifère dans vos boissons. Pendant que vous dormiez, mes gens me rejoignaient. Nous vidions l'idole de l'or qu'elle contenait, Paganos prenait sa place, et les acrobates s'éloignaient dans la nuit, emportant la statue. Quand je décidais que Paganos devait disparaître, nous procédions de la même manière.

— Pourquoi ces changements ?

— Pour pousser Livia à « nourrir » plus copieusement l'idole. Je voulais installer dans son esprit l'idée que la présence charnelle d'Azzazêt dépendait de l'abondance des offrandes. La prodigalité permettait au dieu de s'incarner, l'avarice le contraignait à redevenir une banale sculpture de terre cuite. Livia Andronica a vite compris cette logique. C'est à ce moment qu'elle s'est mise à gaver l'idole comme une oie. Cela nous convenait. Chaque nuit, nous vidions la tirelire.

— Tu dépouillais Livia sans même qu'elle en ait conscience. Vieille fripouille ! Et les miracles ? Tout était mis en scène, prévu d'avance, je suppose ?

— Bien sûr. Le village de Salgado n'existe plus depuis longtemps. Mes gens se sont contentés d'en rafistoler les baraques. Cette comédie était nécessaire, il fallait qu'Azzazêt fasse un miracle pour conforter Livia dans son enthousiasme. La poursuite des offrandes était à ce prix. Je devais empêcher le doute de s'installer. Hécatorius travaillait contre moi. La peur de se retrouver dépouillé de son héritage risquait de le pousser à un geste regrettable. Il aurait pu briser l'idole pour libérer sa mère de l'emprise que la statue exerçait sur elle. Je ne pouvais courir ce risque.

— Et la deuxième invitation ? Les injures de Marinia… Pourquoi avoir blessé Azzazêt ?

— Pour accélérer les offrandes, pardi ! Je savais que Livia était prête à se ruiner pour guérir Azzazêt. Il nous fallait davantage d'or. Non pas un sac, mais deux, trois… Sa folie amoureuse la poussait à dépenser sans compter. Elle était ferrée. Paganos la tenait sous son charme. Elle ne rêvait plus que d'une chose : le mettre dans son lit, devenir la concubine d'un dieu !

La géante n'écoutait plus. Elle comprenait à présent pourquoi elle s'était sentie si fatiguée pendant tout le voyage. Elle avait attribué cette faiblesse aux effets du miel sacré, elle s'était trompée. Ses brusques somnolences résultaient des potions somnifères que le Chaldéen lui faisait absorber à son insu.

— Le plus difficile a été de creuser une « cicatrice » sur la poitrine de l'idole sans la briser, ricana Asklépios.

— Ainsi, tes complices n'ont jamais cessé de nous suivre, grogna la géante. Je ne m'en suis aperçue à aucun moment.

— Tu somnolais. La drogue diminuait tes facultés. En outre, ces acrobates sont très malins, et capables d'endosser les rôles les plus variés. On ne les entend jamais approcher. De vraies ombres. Combien de fois se sont-ils glissés dans cette maison au nez et à la barbe de ses occupants ! Des funambules, te dis-je… Des fantômes d'une incroyable souplesse…

L'augure s'était ressaisi. Il jouissait de la stupeur de la géante, s'amusait de son air hagard. La grosse bête ! Il l'avait fait danser comme une marmotte au nez de laquelle on agite un bout de lard.

— Allons, fit-il d'un ton raffermi. Il y a sûrement moyen de s'entendre. Nous sommes tous deux des voleurs, après tout. Combien veux-tu pour oublier tout ça ? Je t'ai bernée, soit, mais tu m'as démasqué, nous sommes quittes. Soyons bons amis. Nous pourrions même envisager de travailler ensemble à l'avenir ?

— Tu as assassiné Bruto…

— Un tyran, un violeur qui prenait plaisir à torturer ses esclaves. Tu ne vas pas prétendre qu'il manquera à quelqu'un ?

— Tu as dépouillé Livia…

— Là, je proteste. Je ne l'ai nullement volée. L'or, elle nous l'a offert de son plein gré. Il s'agit d'un don. D'un cadeau. Les offrandes qu'on fait aux dieux ne peuvent en aucun cas être récupérées. Ce serait un sacrilège.

— Tu joues sur les mots.

Inquiet, Asklépios tira une bourse de sa ceinture. Il la tritura entre ses doigts, faisant bruire les paillettes d'or pur dont elle était remplie.

— Pour toi ! dit-il en la jetant en direction de la géante. Le prix de l'oubli. Ne fais pas ta pucelle, tu as tué plus d'hommes que moi.

Junia cueillit la bourse au vol. D'une certaine manière, le Chaldéen avait raison. Elle n'était pas là pour rétablir la justice, toutefois elle éprouvait un vif déplaisir à l'idée que Livia Andronica ait été bernée d'une aussi vile façon.

— Délivre-moi d'un doute, siffla-t-elle, tu n'es pas assez malin pour avoir monté ce complot tout seul. Qui se cache derrière toi ? Tu n'es qu'un employé… Qui a tout imaginé ?

— Moi, fit une voix derrière la géante. Mais tu n'étais pas censée te montrer aussi maligne. Asklépios m'avait juré que ses drogues te rendraient aussi bête qu'une chèvre. Je vois qu'il s'est trompé.

Junia pivota sur ses talons. Un gros homme chauve venait d'émerger du feuillage. *Silvius Marcus Andronicus, l'oncle de Livia.*

— Toi ? souffla la géante. Mais pourquoi ? C'est pourtant toi qui nous as engagés… Quel est ton intérêt dans cette affaire ?

Le gros homme eut un haussement d'épaules plein de lassitude.

— Mon mobile n'a rien de très original, soupira-t-il. J'ai puisé dans le budget de la répartition frumentaire et j'ai fait de mauvais placements en Égypte. Une invasion de criquets a dévoré la récolte sur laquelle je comptais pour me refaire. Je savais que ma nièce ne m'aurait pas prêté la somme dont j'ai besoin, elle est trop élevée.

En outre, Titus Bruto s'y serait formellement opposé car il me détestait. Alors j'ai imaginé…

— De la contraindre à te la donner sans qu'elle en sache rien… compléta Junia. Après t'être débarrassé de l'obstacle qu'était son mari, bien sûr.

— Oui. On peut présenter les choses de cette manière. Je la savais très superstitieuse. Bruto mort, elle devenait vulnérable. Asklépios, avec qui j'étais en « affaires », m'a suggéré cette mise en scène.

— Mais pourquoi nous avoir engagés, Shagan et moi ? insista Junia. Tu ne craignais donc pas que nous découvrions le pot aux roses ?

Silvius Andronicus sourit avec fatuité.

— Non, car les soldats n'ont pas la réputation d'être des esprits aiguisés, ricana-t-il. J'avais besoin de vous deux pour voler l'idole d'argile. C'était le seul point sur lequel nous ne pouvions transiger avec la réalité. Il fallait un vrai temple, une vraie statue… et de vrais voleurs !

— Je vois, fit la géante. Le but de tout cela, c'est de récupérer le contenu de l'idole, bien sûr ?

— Oui. Dans très peu de temps ma chère nièce y aura vidé son dernier sac d'or. Je disposerai alors de quoi éponger mes dettes. Les voix d'outre-tombe cesseront de sortir des murs, quant aux lianes, elles crèveront dès qu'Asklépios aura injecté un bon désherbant dans chacune des crevasses. Tout rentrera dans l'ordre. Livia mettra cela sur le compte d'Azzazêt qu'elle vénérera avec plus de fougue encore… Évidemment, elle sera beaucoup moins riche qu'auparavant, mais elle s'y fera. Après tout, elle a fort peu de besoins. Et puis, quand on prend le temps d'y réfléchir, je l'ai débarrassée d'un mari qui la terrifiait. Sa ruine sera le prix de sa liberté.

— D'accord, dit Junia, et moi, là-dedans ?

— Tu ne peux rien contre nous, nous sommes trop nombreux, répondit Silvius en abandonnant soudain son masque d'homme affable. Tu as beau être forte, les compagnons d'Asklépios finiraient par te submerger. Tu vas prendre ton dû, récupérer ton ami, et t'en aller très loin. Nous ne nous reverrons plus jamais. C'est d'accord ?

— D'accord, lâcha Junia en tendant la main.

Silvius plongea la main dans sa ceinture de toile, en tira une bourse qu'il posa dans la paume de la géante.

— Adieu, donc ? murmura-t-il en jetant à son interlocutrice un coup d'œil perçant.

— Adieu, grogna la femme-jument en tournant les talons.

Elle traversa le campement des saltimbanques d'un pas vif, sans leur accorder un regard, et s'enfonça dans la forêt où elle retrouva Hécatorius.

— Tu as entendu ? lui demanda-t-elle.

— Oui, fit l'adolescent, livide. Marcus Silvius nous a bernés. Il a assassiné mon père et ruiné ma mère. Tu dois m'aider à le tuer…

— N'y compte pas, grogna Junia. Je ne suis pas là pour déclencher une guerre entre patriciens. Je t'ai ouvert les yeux, c'est déjà beaucoup. À toi d'organiser ta vengeance comme tu l'entends. Il y a des juges et des tribunaux pour régler ces choses. Il n'est peut-être pas encore trop tard pour ramener ta mère à la raison.

Sans plus s'occuper de l'adolescent, elle regagna les jardins. Au passage, elle libéra la femme coincée sous la dalle, lui conseilla de décamper sans demander son reste, puis entra dans la maison avec l'intention de récupérer Shagan.

17

Alors qu'elle traversait l'*atrium*, Junia s'aperçut que les crevasses, convergeant vers l'endroit où la femme de l'architecte était emmurée, avaient provoqué un émiettement du revêtement. On commençait à distinguer les contours d'une forme sombre mais indéniablement humaine. Comme pour ajouter à cette atmosphère de fin du monde, les masques mortuaires des ancêtres de Livia s'étaient décrochés. En tombant sur les dalles de marbre, la cire fragile dont ils étaient faits avait éclaté en mille morceaux. Le chaos était donc total. C'était comme si la malédiction de Kalikidès venait d'avoir raison des mânes qui, durant des générations, avaient assuré la protection de la maison. Un monde s'écroulait.

Au moment de franchir le seuil de la cuisine, la géante fut bousculée par deux esclaves qui s'enfuyaient, un baluchon sur l'épaule. Ils ne lui accordèrent pas un regard et disparurent dans le jardin, ventre à terre.

Elle comprit que, à part Livia et Shagan, la maison était vide ; la domesticité avait pris la poudre d'escampette.

Alors qu'elle se penchait sur l'infirme pour le hisser sur son dos, une vive querelle éclata dans l'*atrium*.

Junia reconnut les voix d'Hécatorius et de Livia Andronica. La mère et le fils s'affrontaient, donnant libre cours à leurs imprécations. Aux échos qui lui parvinrent, la femme-jument crut comprendre que l'adolescent essayait d'expliquer à Livia le complot dont ils avaient été les victimes ; mais Livia refusait de l'écouter et, les paumes des mains plaquées sur les oreilles, lui criait de se taire.

La scène se déroulait dans la chambre maternelle, les protagonistes allant et venant devant la statue d'Azzazêt dont la bouche était encore fardée de paillettes d'or pur.

— Allons-y, marmonna la géante à l'intention du cul-de-jatte. Cela ne nous regarde plus. Rentrons chez nous.

Ayant jeté l'infirme sur son épaule, tel un sac, elle sortit de la maison. Le vent s'était levé. Il faisait claquer draperies et tentures, donnant à la demeure quasi déserte l'apparence d'un navire abandonné aux caprices de la tempête.

— Mère ! hurla Hécatorius. Tu ne veux pas comprendre ! On nous a trompés. Cette statue n'abrite aucun dieu… Ce n'est qu'un modelage de terre cuite… une jarre, un pot, une amphore !

— Sacrilège ! gémit Livia. Tais-toi ! Tu vas attirer sur nous la colère d'Azzazêt ! Jette-toi à ses pieds et implore son pardon !

Bondissant sur son fils, elle voulut le contraindre à s'agenouiller. C'en était trop. Fou de colère, Hécatorius s'empara d'un trépied de bronze et, l'utilisant à la façon d'un marteau, en frappa l'idole à la poitrine. La statue explosa, libérant un flot de poudre d'or qui se répandit à travers la pièce en une brume pulvérulente. Livia se griffa le visage, le souffle coupé. Au même moment, Silvius Marcus et Asklépios firent irruption dans la chambre. Ils s'immobilisèrent sur le seuil, atterrés. Le vent, en s'engouffrant, avait levé un brouillard de poussière étincelante qui se déposait sur les visages et donnait à leur physionomie quelque chose d'irréel.

Soucieux de leurs intérêts, les deux escrocs s'agenouillèrent pour essayer de récupérer dans les plis de leurs vêtements la poudre d'or répandue sur le sol. Hécatorius voulut les en empêcher et se jeta sur eux pour les bourrer de coups de pied. Il s'ensuivit une empoignade confuse et grotesque. Junia, qui s'apprêtait à traverser le jardin, jeta un ultime regard par-dessus son épaule. La dernière image qu'elle emporta fut celle de trois silhouettes scintillantes essayant de s'étrangler mutuellement. Indifférente au tumulte, recroquevillée dans un coin de la pièce, l'air hagard, Livia Andronica, elle, s'obstinait à rassembler les morceaux épars du dieu d'argile. Son visage défait par la tristesse faisait peine à voir.

Une petite fille, songea la géante, *une petite fille dont on vient de casser la poupée…*

Le cœur serré, la guerrière s'éloigna à grandes enjambées. Ce monde n'était pas le sien, elle ne pouvait rien pour ces gens. Sa seule famille, c'était Shagan.

Alors qu'elle entrait dans la forêt, elle fut alertée par un scintillement suspect au milieu des taillis. De sa main libre, elle s'empressa de dégainer son glaive.

Elle maudit sa distraction. Il était déjà trop tard. Son instinct lui souffla qu'elle était encerclée. D'abord elle crut avoir affaire à la troupe des acrobates, mais une silhouette étrange se dessina dans la lumière lunaire, celle d'un petit vieillard affublé d'une ridicule armure de porcelaine.

Les prêtres d'Azzazêt... songea la femme-jument avec un frisson.

Elle avait fini par oublier leur existence, les jugeant trop frêles pour se lancer à leur poursuite. Elle s'était trompée. Ils avaient retrouvé leurs traces.

— Comment avez-vous... commença-t-elle.

— Par Otarius, répondit l'homme dont la cuirasse semblait rescapée d'un récit homérique. Il a parlé. Tu es sans doute la voleuse dont il nous a fait le portrait. Et celui que tu portes sur ton épaule, c'est le cul-de-jatte qui a violé le sanctuaire.

Je pourrais le tuer d'un coup de poing, se dit Junia. *Son armure exploserait comme une coquille d'œuf.*

Alors qu'elle levait le bras, d'autres vieillards sortirent des fourrés. Ils brandissaient des glaives de porcelaine aux arêtes tranchantes. L'homme qui semblait les commander s'approcha de la géante et posa la main sur le front de Shagan qui grogna.

— Il est fou, expliqua la femme-jument.

— Je le vois bien, souffla le prêtre. Le miel sacré a détruit son esprit. Il a été puni comme il le méritait. Toi, tu n'es pas entrée dans la salle. Tu n'aurais pas pu, tu es trop lourde.

— Vous allez tout de même essayer de me tuer ? s'enquit Junia.

— Non, fit le vieillard. Ton compagnon et toi n'avez été que des instruments, des serviteurs. Ce qui nous importe plus que tout c'est de récupérer l'idole. Elle est là-bas, dans la maison, je suppose ?

— Oui, mais elle est brisée. En mille morceaux. Ils se sont battus.

— Ça n'a pas d'importance. Elle a déjà été cassée des dizaines de fois au cours des siècles ; nous l'avons toujours recollée.

Il parut réfléchir puis, d'un mouvement de tête, signifia à Junia de poursuivre son chemin.

— Va, ordonna-t-il. Tu n'as été qu'une marionnette, tu ne nous intéresses pas.

Ses compagnons s'avancèrent, portant de curieux paniers d'osier d'où montait un bourdonnement sourd. Des ruches. La géante sursauta. Elle venait seulement de comprendre. *Les abeilles !*

— Nous avons pour règle de ne jamais porter la main sur un ennemi, expliqua complaisamment le prêtre. Les abeilles s'en chargent à notre place... Dans un instant elles vont prendre leur vol et s'abattre sur la maison pour punir les coupables. Il vaudrait mieux que tu sois loin d'ici lorsque cela se produira. Les abeilles n'aiment pas les étrangers. Va, te dis-je, cours... et ne te retourne pas.

Les cheveux hérissés de terreur, Junia s'éloigna aussi vite qu'elle le pouvait. Alors qu'elle se forait un chemin au travers d'un lacis de branchages, elle entendit un bourdonnement énorme emplir la nuit.

C'était une musique *noire* qui se déployait en vagues puissantes pour couvrir les ululements du vent. C'était comme une tempête. Une tempête d'un million de dards.

Elle eut une brève pensée pour ceux qui, là-bas, dans la villa, se querellaient au sein du nuage de poussière d'or. Elle pensa surtout à Livia, écorchant ses jolis doigts sur les tronçons du dieu d'argile mis en pièces.

Puis elle fit le vide dans son esprit, emplit ses poumons, et s'élança dans les ténèbres, indifférente aux épines qui lui lacéraient bras et jambes.

Épilogue

Elle atteignit les faubourgs de Rome le lendemain, à l'aube. Sa première démarche fut de se rendre chez un médecin grec de sa connaissance qui soignait la démence au moyen de massages et de chansons. Elle lui confia Shagan et lui laissa assez d'or pour un an de traitement. Après quoi elle loua une chambre dans une auberge, mangea, but, et se laissa tomber sur sa paillasse, le glaive à portée de main.

Elle ne tarda pas à rêver.

D'Azzazêt.

Il lui apparut sous l'aspect d'un adolescent tout couturé de cicatrices et fort mécontent.

« Tu as laissé ces fichus prêtres me reprendre ! grondait-il. Je t'avais pourtant dit que je ne voulais pas retomber entre leurs mains. Ils vont m'enfermer et m'assommer de prières. Je ne voulais plus de cette vie-là… Je voulais être libre… m'amuser… Goûter à la chair des femmes… Tu vas me le payer. Je me vengerai. Tu peux en être assurée. Je me vengerai ! »

Pour suivre les projets de l'auteur, une seule adresse : http://perso.orange.fr/brussolo.serge/

Serge Brussolo
et le thriller historique
dans Le Livre de Poche

L'Antiquité égyptienne

Le Labyrinthe de Pharaon — n° 17119

Anathotep, pharaon hérétique, n'entend pas laisser la mort le déposséder de sa puissance ; c'est pourquoi il prépare ses funérailles comme on organise une expédition militaire et transforme son tombeau en forteresse capable de résister aux violeurs de sépultures. Mais d'étranges complots se préparent dans le monde des morts. Les pillards se pressent au seuil du labyrinthe défensif, tandis qu'Anouna, jeune embaumeuse de troisième classe, découvre qu'elle détient le moyen d'accéder au trésor funéraire de Pharaon, et que ce pouvoir, bien encombrant, va désormais placer sa vie sous le signe du danger. Cependant, à trop vouloir forcer les portes du royaume d'en bas, ne risque-t-on pas d'en rester prisonnier… à jamais ?

Les Prisonnières de Pharaon — n° 17142

Que faire quand on se retrouve prisonnière d'un harem perdu aux confins du désert, encerclée par les tempêtes de sable et les mirages trompeurs ? Comment échapper aux pièges de cet univers clos où le crime rôde chaque nuit, cherchant une victime parmi les dormeuses du sérail ? Comment rester en vie quand on est livrée, pieds et poings liés, à un prince reclus, dont les fièvres ont ravagé l'esprit ? Quand les mille et une nuits se changent en mille et un cauchemars !

L'Antiquité romaine

Les Cavaliers de la pyramide (inédit) n° 37045

Antonus Crassus Samsala, organisateur des jeux du cirque à Rome, apprend de la bouche d'un gladiateur mourant l'existence d'une pyramide demeurée inviolée au cœur du désert. Cette pyramide remplie d'or aurait été engloutie par une gigantesque poche de sables mouvants. Si l'on veut s'y introduire, il faut donc plonger dans son sillage… puis trouver le moyen d'en revenir vivant ! Dès lors, Antonus n'a plus qu'une idée : découvrir ce monument fantôme et s'en approprier les trésors. Dans la lignée du *Labyrinthe de Pharaon* et des *Prisonnières de Pharaon*, ce « thriller antique » met en scène barbares et gladiateurs qui portent le glaive et le feu au cœur même des enfers.

Le Moyen Âge

Le Château des poisons n° 17055

Ordonné chevalier en récompense de sa bravoure, Jehan de Montpéril n'en est pas moins réduit, pour gagner sa vie, à escorter les voyageurs sur les routes dangereuses. C'est ainsi qu'il est amené, sur les pas de l'étrange moine Dorius, trafiquant de reliques, au château d'Ornan de Guy où surviennent de tragiques événements. Les morts se multiplient au milieu des festins de noces. Les tournois se changent en traquenards. Les mares du pays alentour sont empoisonnées. On murmure que, la nuit, apparaît une bête fabuleuse. Des doigts accusateurs se tendent vers Irana, la femme troubadour aux chansons provocantes et sensuelles…

L'Armure de vengeance n° 17096

Par une nuit sans lune, Jehan de Montpéril, le chevalier errant, est chargé d'escorter au fond de le forêt six fossoyeurs porteurs d'un cercueil bardé de fer. C'est une armure vide qu'il s'agit d'enterrer. Une armure maléfique, une armure tueuse qui, dit-on, bouge toute seule et répète, passé minuit, les gestes de la mort appris sur le champ de bataille. Malgré cela, bien des chevaliers la convoitent, au risque de voir leur famille décimée par le vêtement de métal ensorcelé. Qu'importe ! N'a-t-il pas la réputation de rendre invincible celui qui s'en revêt ? Une malédiction pèse-t-elle sur l'armure ? Ou bien quelqu'un se sert-il de cette légende pour mener à bien une vengeance mystérieuse ?

Le Manoir des sortilèges n° 17203

Gilles, un jeune écuyer, voit mourir son maître au cours d'un tournoi. Devenu la propriété du vainqueur, le voilà dès lors contraint de servir un étrange chevalier à l'armure couverte de rouille, et dont personne n'a jamais vu le visage. Ce baron maudit serait-il lié aux enlèvements d'enfants qui terrorisent la contrée ? Peu après, ce maître mystérieux accepte une mission : retrouver, au cœur d'un manoir perdu dans les forêts du Ponant, un grimoire de sorcellerie dont la possession confère des pouvoirs maléfiques. Commence alors pour l'écuyer un dangereux voyage, qui va lier son sort à celui d'un monstre et l'entraîner aux confins de la peur. Dans la veine du *Château des poisons* et de *L'Armure de vengeance*, Serge Brussolo nous plonge au cœur des superstitions et des ténèbres, dans un suspense qui ne laisse nul répit.

La Princesse noire (inédit) n° 37014

Capturée puis vendue comme esclave par des pillards vikings, Inga est achetée par une étrange châtelaine surnommée « la Princesse noire ». Quel est le secret de cette femme solitaire qui règne en maître sur un manoir en ruine où elle recueille des enfants infirmes abandonnés par leurs parents ? Inga sent qu'un mystère pèse sur les lieux. Les adolescents dont elle a la garde chuchotent de bien curieuses histoires à propos d'une créature qui hanterait les souterrains. Un assassin qui, tel l'ogre des contes, viendrait à chaque nouvelle lune prélever son tribut de chair fraîche. Qui se cache sous le masque d'un dieu barbare pour commettre ses crimes en toute impunité ? Quelles manigances se trament dans le secret des oubliettes ?

Marion, l'ymagière

La Captive de l'hiver n° 17274

Pourquoi les Vikings ont-ils traversé les mers pour enlever Marion, l'ymagière qui sculpte des vierges de pierre au fond d'une abbaye de la côte normande ? Pourquoi les guerriers de la mer sont-ils terrifiés par cette jeune femme, au point de lui emprisonner les mains dans des gantelets d'acier ? C'est un univers gouvernés par d'étranges superstitions qui attend Marion au-delà des glaciers. Là, elle doit veiller sur les divinités du clan au péril de sa vie, et se défier des intriques que la jalousie fait naître autour d'elle. Car certains détestent cette « sorcière » venue de France, et multiplient les complots pour ruiner son crédit. Marion triomphera-t-elle des rites barbares du peuple des neiges, ou bien finira-t-elle par succomber aux dangereux secrets qu'elle a commis l'erreur de mettre au jour ?

Pèlerins des ténèbres n° 17279

Enfermé dans une cage en fer, dans les oubliettes d'une abbaye, un moine dément raconte que le pèlerinage dont il avait la charge s'est terminé en enfer. Le diable, affirme-t-il, a emporté tous ceux qui l'accompagnaient. Que se passe-t-il en réalité dans les montagnes où serpente l'interminable route menant aux reliques de saint Gaudémon, martyr jadis supplicié par Caligula, l'empereur fou ? Une chose est sûre, beaucoup de gens disparaissent et les sommets semblent habités par des créatures de légende qui ont fait des pèlerins leur gibier quotidien. Quel secret, quel complot hérétique tente-t-on de dissimuler sous le masque de la superstition ? Marion, la jeune tailleuse d'ex-voto, sera-t-elle plus chanceuse que ceux qui l'ont précédée sur les chemins du mystère… ou succombera-t-elle, à son tour, aux sortilèges du pèlerinage maudit ?

Composition réalisée par ASIATYPE

Achevé d'imprimer en mars 2008 en Espagne par
LIBERDUPLEX
Sant Llorenç d'Hortons (08791)
Dépôt légal 1re publication : avril 2008
LIBRAIRIE GÉNÉRALE FRANÇAISE – 31, rue de Fleurus – 75278 Paris Cedex 06

31/2083/9